allie

Meg Cabot

Allie

LES VRAIES AMIES

Traduit de l'anglais (États-Unis)
par Josette Chicheportiche
et Fabienne Duvigneau

hachette
ROMANS

Illustrations de Anne Guillard
Traduction de Josette Chicheportiche et Fabienne Duvigneau

L'édition originale de cet ouvrage
a paru en langue anglaise
chez Scholastic Press,
sous le titre :

Allie Finkles's Rules for Girls – Best Friends and Drama Queens

Hachette Livre, 58 rue Jean Bleuzen, 92170 Vanves.

Pour toutes les meilleures amies

Merci à Beth Ader, Jennifer Brown, Barbara Cabot, Michele Jaffe, Laura Langlie, Abigail McAden, Morgan Matson, et surtout Benjamin Egnatz

Règle n° 1

C'est l'intention qui compte

Ce qu'il y a de mieux avec les vacances de Noël, c'est qu'on peut montrer à ses amies les cadeaux qu'on a reçus.

Ça, c'est une règle.

Mais quand vos amies partent en vacances à Hawaï, ou chez leurs grands-parents, ou encore chez leur mère qui habite dans le Maine, ce n'est pas évident de jouer avec elles à un jeu de danse, sur la console que votre grand-mère vous a offerte. C'est très dommage, parce que vous passez tellement de temps toute seule devant votre nouveau jeu de danse que vous avez déjà atteint le niveau onze !

En plus, vos parents, vos frères et votre oncle en ont assez que vous leur cassiez les oreilles avec la musique. Eux aussi n'attendent qu'une chose : que vos amies rentrent de vacances.

Bon d'accord, Sophie n'était pas partie. Mais vu qu'elle s'était cassé un orteil le jour où on avait fait du patinage en chaussettes sur son parquet, elle ne pouvait pas danser avec moi. Et puis elle était de mauvaise humeur parce qu'elle avait mal au pied, et aussi parce que son amoureux, le prince Peter, lui manquait.

Bref, la veille de la rentrée, j'étais tellement contente de retourner à l'école et de revoir Erica, Caroline, et Rosemary – c'est elle qui était partie à Hawaï –, que j'ai eu un mal fou à m'endormir. Même avec Micha qui ronronnait doucement près de mon oreiller, je n'arrivais pas à trouver le sommeil. Pourtant, d'habitude, ça me calme. Mais là, rien à faire. J'avais appelé Erica trois fois avant de me coucher, malgré les protestations de ma mère qui m'avait demandé de laisser les Harrington tranquilles parce qu'ils venaient à peine de rentrer.

Sauf qu'Erica avait des choses à me raconter. Elle avait croisé Caroline à l'aéroport, et Caroline avait une grande nouvelle à nous annoncer... Mais comme son père était pressé, elle n'avait pas eu le temps d'en dire plus. Qu'est-ce que ça pouvait bien être ?

Pourvu que ce ne soit pas une mauvaise nouvelle ! Et si Caroline allait partir habiter avec sa mère dans le Maine ? Ce serait affreux ! Sans compter que l'école de Pine Heights perdrait sa championne d'orthographe ! J'ai tourné et tourné dans mon lit en attendant le lendemain avec impatience, et lorsque je me suis réveillée le matin, j'étais tout étonnée de constater que j'avais quand même dormi. Micha s'est mis à jouer avec mes cheveux. Il s'amuse à ça tous les jours, je ne sais pas pourquoi. J'ai lu un tas de livres sur les chats, mais je n'ai rien trouvé pour expliquer pourquoi un chaton joue avec les cheveux de sa maîtresse. En tout cas, c'est un rituel qui semble très important pour lui. Si je me lève trop vite, il n'est pas content et miaule. Mais parfois, je suis obligée de le repousser parce qu'il me fait mal avec ses petites griffes.

— Aïe, aïe, aïe, ai-je gémi.

— Miaou ? a fait Micha en s'immobilisant pour me regarder de ses yeux innocents.

C'est vraiment le chaton le plus mignon du monde ! Bon d'accord, il est un peu bizarre, aussi. Pas seulement parce qu'il joue avec mes cheveux. Quand je fais mon lit, par exemple, il arrondit le dos pour montrer qu'il est en colère et son poil se hérisse. Enfin, quand je dis qu'il est bizarre... Je devrais plutôt reconnaître qu'il s'accorde bien avec ma famille.

Bref. Une fois levée, je suis allée me laver les dents et me brosser les cheveux (parce que Micha les avait emmêlés). Je n'y ai pas passé un temps fou, parce que je ne suis pas trop du genre à me soucier de mon apparence. Mais quand même, je fais attention. Je ne veux pas sentir mauvais ni arriver à l'école avec les yeux tout sales comme Joey Fields. De là à me maquiller avec du fard à paupières comme Leanne Perkins, alors qu'elle est seulement en C.M.2... il ne faut pas non plus exagérer.

Pour marquer le coup – c'était le premier jour d'école après les vacances, il ne fallait pas l'oublier –, j'ai mis toutes les barrettes que mon frère Mark m'avait offertes, et aussi un peu de gloss à la cerise (cadeau de mon autre frère, Kevin). Puis j'ai enfilé mon nouveau cache-cœur rose (même si ça n'allait pas trop avec mon jean et les bottes fourrées que j'étais obligée de porter vu qu'il neigeait). Et dans mon cartable, j'ai glissé trois livres que j'avais eus pour Noël, car chaque fois que je veux en lire un dans le coin bibliothèque de la classe, ils sont déjà tous pris.

Ensuite, après avoir mangé un bol de flocons d'avoine avec du sucre brun et des raisins secs – mon père tient à ce qu'on parte à l'école avec « quelque chose dans le ventre » –, j'ai couru à la porte pour ouvrir à Erica, mais avant, j'ai mis mon nouveau béret vert pâle.

— Salut ! me suis-je écriée. Oh là là ! J'ai trop hâte de voir Caroline !

— Tu as passé de bonnes vacances ? a demandé Erica, tout excitée elle aussi. Il est super beau, ton béret ! Tu l'as eu pour Noël ? Moi, je me suis bien amusée chez ma grand-mère ! Même que j'ai vu un dauphin et...

— Allez, viens !

Et sans laisser à Erica le temps de poursuivre, je l'ai entraînée vers le carrefour où on retrouve toujours Caroline et Sophie. Erica m'a fait soudain remarquer :

— Allie ! On n'attend pas ton petit frère ?

— Attendez-moi ! a justement crié Kevin, que ma mère aidait à enfiler sa combinaison fourrée.

Mes parents ne veulent pas le laisser aller à l'école tout seul car il n'est qu'en maternelle.

— Il nous rattrapera, ai-je répliqué en haussant les épaules.

Mais comment faisait Erica pour ne pas mourir d'impatience ? Elle n'avait pas envie de savoir ce que Caroline allait nous annoncer ? Moi, j'imaginais toutes sortes de choses. Que ses parents avaient gagné au loto, et qu'elle partait habiter un château en Suisse !

Ou alors, elle avait appris qu'elle était adoptée, et que ses parents biologiques étaient des stars de cinéma. Du coup, elle allait passer dans une émission télé où on parle de sa vie, et elle raconterait ce qu'elle avait ressenti en découvrant qu'elle avait des parents biologiques célèbres. À moins qu'elle ait eu un cheval comme cadeau de Noël. Vraiment, ça pouvait être *n'importe quoi*.

— *Allez !* ai-je lancé à Erica pour la houspiller.

Je prenais des risques en courant sur le trottoir gelé, mais heureusement, j'ai réussi à ne pas glisser. Et tout le long du chemin, j'ai tiré Erica par la manche de son manteau pendant que Kevin criait derrière :

— Attendez-moi ! Allie, attends-moi !

On était en avance au carrefour, évidemment. Parce que Sophie s'est cassé l'orteil, et que Caroline et elle font le trajet ensemble. J'aurais parié que Caroline s'obligeait à aller doucement pour attendre Sophie. Elle est toujours tellement polie !

Résultat, on est restées à se geler les pieds dans le froid. Je m'impatientais en me demandant ce qu'elles pouvaient bien fabriquer ! Kevin avait fini par nous rattraper (avec Mark), et Mark était furieux parce qu'à cause de moi, il avait dû marcher à côté de son nouveau B.M.X. et n'avait pas pu le montrer à ses copains.

Comme si j'allais le plaindre ! Ce n'était jamais lui qui emmenait Kevin à l'école, alors que moi, je l'avais déjà fait des millions de fois. N'empêche qu'en nous rejoignant, Erica et moi, il m'a foncé dessus et m'a envoyé un coup de poing dans le bras.

Heureusement, grâce à mon gros manteau d'hiver, mon nouveau cache-cœur, plus un pull à col roulé et un tee-shirt avec un débardeur en dessous, je n'ai pas eu mal. Mais je lui ai quand même rendu le coup. Sauf que j'ai frappé encore plus fort. Normal, non ? Je suis l'aînée, c'est donc à moi de lui apprendre qu'on n'arrive jamais à rien avec la violence.

— Arrêtez ! s'est écriée Erica. Ne vous battez pas !

Erica veut toujours que tout le monde s'entende bien. Chez elle, par exemple, elle essaie systématiquement d'arranger les choses. Surtout entre sa grande sœur, Missy, et son frère John. Mais malgré ses efforts, ils se disputent quand même.

Je ne suis pas très douée non plus pour éviter les bagarres avec mes frères. Mark a fait tomber son vélo dans la neige quand je l'ai frappé, et en s'apercevant que la selle était mouillée, il s'est mis à pleurer de rage. Pile à ce moment-là, ses copains nous ont dépassés à vélo. Ils ont vu que Mark pleurait et ça l'a rendu encore plus furieux.

Mais il a relevé son B.M.X. sans rien dire, l'a enfourché et il est parti aussitôt.

Je me suis quand même sentie un peu honteuse, parce que *Une grande sœur n'est pas censée frapper ses frères, ni faire tomber leur nouveau vélo dans la neige et mouiller la selle* (c'est une règle).

Sauf que moi, j'emmène Kevin à l'école tous les jours. Mark pourrait bien s'en charger *une fois de temps en temps*. Bref, on a encore attendu pendant une éternité. Erica en a profité pour me reprocher (gentiment) d'avoir frappé Mark, et j'ai dû aussi supporter Kevin qui se plaignait parce qu'il avait trop chaud dans sa combinaison et voulait aller tout de suite à l'école.

Enfin, Caroline et Sophie sont arrivées. Ce n'était pas trop tôt ! Sophie boitillait en posant son pied par terre avec précaution. (Il n'y a rien à faire pour ce genre de fracture, sauf bander l'orteil cassé avec celui d'à côté. C'est ce qu'on a appris après avoir attendu trois heures aux urgences avec le père de Sophie.)

J'ai couru à leur rencontre. Enfin, c'est surtout Caroline qui m'intéressait, parce que Sophie, je l'avais vue tous les jours pendant les vacances.

— Alors ? Qu'est-ce qui se passe ? me suis-je écriée.

— Comment ça, qu'est-ce qui se passe ? a demandé Caroline. Sophie s'est cassé un orteil... Mais tu étais avec elle ce jour-là, non ?

— Oui ! a confirmé Sophie. Allie a même dit que c'était seulement une luxation et elle a essayé de me remettre l'orteil en place. Juste parce qu'elle veut devenir vétérinaire plus tard et que soi-disant, elle s'y connaît. En fait, ce n'était pas du tout

une luxation. Je me suis vraiment cassé l'orteil ! ça m'a fait super mal, et maintenant, j'ai un énorme bleu violet foncé. Mon père dit...

— Non, je ne parle pas de ça ! ai-je interrompu.

Sophie exagère un peu, parfois. Mais bon. Comme c'est la plus jolie fille de la classe, on lui pardonne.

— Qu'est-ce que tu n'as pas eu le temps d'annoncer à Erica hier à l'aéroport ?

— Ah oui... a répondu Caroline avec un air un peu mystérieux. En fait, mon père a croisé Mme Hunter au supermarché pendant les vacances, et elle lui a dit qu'il y aurait une nouvelle élève dans notre classe à la rentrée.

Règle n° 2

On a le droit de mentir si c'est pour faire plaisir à quelqu'un

J'ai eu du mal à cacher ma déception. Bon, j'étais quand même contente que Caroline ne parte pas habiter chez sa mère. Mais en même temps, elle ne passerait pas à la télé, ses parents n'avaient pas gagné au loto, et du coup, j'étais toute triste. Surtout qu'une nouvelle élève dans la classe, franchement, ce n'est pas ce qu'il y a de plus excitant.

— Ah ? ai-je fait. C'est tout ?

Erica et moi, on a pris Sophie chacune par un bras pour l'aider à marcher. Quand on est arrivés près de l'école, Kevin a couru rejoindre les maternelles autour du portique. Tous les petits portaient des combinaisons fourrées, comme lui, et vu que ça les gênait un peu dans leurs mouvements, ils ressemblaient à des pingouins qui se dandinent.

— Quand même, a repris Caroline. On a de la chance que ce soit une fille.

Et comme d'habitude, Erica a présenté le bon côté des choses :

— Oui, Allie ! Maintenant, ce n'est plus toi La Nouvelle.

Ça, je n'y avais pas pensé. En effet, c'était plutôt positif, parce que depuis le temps, je commençais à me lasser d'être La Nouvelle.

— Tant mieux ! ai-je dit.

Mais vous avouerez que c'est quand même décevant, quand on s'est imaginé que sa meilleure amie a eu un cheval pour Noël.

— En plus, elle vient du Canada, a ajouté Caroline.

Là, ça devenait intéressant ! Du Canada ! Je ne connaissais personne qui venait de là-bas. Le Canada, c'était un pays étranger, complètement différent, et qui me paraissait très loin. Presque aussi loin que la France, sauf que pour aller en France, il faut traverser un océan. Mais peut-être que pour atteindre certaines régions du Canada, il fallait aussi traverser un océan ? La Nouvelle pourrait nous montrer d'où elle venait sur la grande carte de Mme Hunter. (On avait déjà appris à se situer par rapport au reste de l'Amérique, mais cette fois, ce serait encore plus amusant !)

Rien que d'y penser, j'ai accéléré le pas. Mais j'ai vite dû ralentir à cause de Sophie.

Comme il avait beaucoup neigé pendant les vacances, je m'attendais à trouver la pelouse autour de l'école recouverte d'un manteau blanc immaculé. En fait, pas du tout. Beaucoup d'élèves étaient arrivés avant nous, et la neige était déjà sale et piétinée. Ça aussi, c'était décevant...

Mais il y avait plus décevant encore : j'avais beau regarder partout, je ne voyais pas La Nouvelle ! C'est vrai que je ne connais pas tout le monde à l'école. En tout cas, je n'ai repéré personne qui avait l'air de venir du Canada. Pendant que j'inspectais la cour dans ses moindres recoins, Mme Hunter a débouché du parking où elle gare sa voiture et s'est dirigée vers nous en pressant le pas.

— Bonjour, les enfants ! a-t-elle lancé. Bonne année !

On lui a répondu d'une seule voix :

— Bonjour, maîtresse !

Je ne sais pas ce qu'éprouvaient Caroline, Sophie et Erica, mais moi, j'étais tout intimidée de revoir Mme Hunter après les vacances. Surtout qu'elle était particulièrement jolie aujourd'hui, avec son manteau vert sombre serré à la taille, son col en imitation fourrure et ses cheveux bouclés qui dépassaient de son bonnet.

— Oh, Allie, a-t-elle dit en me regardant droit dans les yeux. Justement, je voulais te parler... J'ai quelque chose d'important à te demander. Viens me voir à mon bureau tout à l'heure, d'accord ?

— Oui, ai-je murmuré, complètement paralysée.

Que voulez-vous dire d'autre, quand la maîtresse vous demande de faire quelque chose ? Vous n'allez quand même pas lui répondre : « Sûrement pas ! » Là-dessus, Mme Hunter est partie rejoindre les autres maîtresses sous le préau. Elle marchait avec prudence dans ses bottines à talons hauts, pour ne pas glisser sur la neige malgré le sel que M. Elkhart avait répandu dans la cour.

— Qu'est-ce qu'elle te veut, à ton avis ? a soufflé Erica.

Je pensais que Mme Hunter avait peut-être remarqué mon nouveau béret, et qu'elle allait me demander où je l'avais acheté. Pourquoi pas ?

— Je ne sais pas, ai-je répondu.

Bien sûr, je me suis bien gardée d'en parler à mes amies. À quoi bon les rendre jalouses ? Surtout que, après réflexion, j'ai eu une autre idée qui me paraissait plus probable : Mme Hunter allait me dire que je lui avais beaucoup manqué pendant les vacances. Un jour, elle avait raconté à ma grand-mère que c'était un bonheur de m'avoir dans sa classe. Si j'étais un tel « bonheur » pour elle, je devais bien lui manquer, non ? Comme à *tout le monde*, d'ailleurs, puisque j'étais quelqu'un de si agréable !

Enfin, sauf à mes parents, peut-être, parce qu'ils ne supportaient plus d'entendre les musiques de mon jeu de danse toute la journée. Mais Mme Hunter n'était jamais venue chez moi.

— J'espère que ce n'est pas grave, a dit Erica d'un air inquiet.

Grave ? Bien sûr que non, ai-je pensé. Je n'ai rien fait de mal !

Mais à cause d'Erica, j'ai aussitôt imaginé tout un tas de choses terribles que Mme Hunter pourrait m'annoncer. Je ne sais pas, moi. Que j'avais eu de très mauvaises notes à la fin du trimestre. Moi qui croyais avoir bien réussi mes contrôles... Est-ce que je les avais ratés, en fait ?

Ou alors – ce qui était encore pire –, peut-être fallait-il me renvoyer pour que je laisse ma place à La Nouvelle qui venait du Canada ? Non, on ne pouvait pas faire ça. N'est-ce pas ?

— Mais non, a dit Sophie. Au contraire, elle a sûrement une très bonne nouvelle à t'annoncer. Par exemple, qu'on te fait sauter une classe et que tu vas directement en C.M.2.

Sauf que pour moi, ce ne serait pas du tout une bonne nouvelle. Parce que si je passais en C.M.2, je ne serais plus jamais dans la même classe que mes meilleures amies.

— Tu as dû gagner quelque chose, a suggéré Caroline.

Ça, c'était son idée. Bien sûr, Caroline est la meilleure élève de tous les C.M.1, alors elle remporte plein de prix.

— La dernière fois que Mme Hunter m'a fait venir à son bureau, a-t-elle raconté, c'est parce qu'elle avait présenté ma rédaction à un concours d'écriture et que j'avais gagné le premier prix.

— Oh là là ! s'est exclamée Erica. Imagine que ce soit ça, Allie !

J'ai repris espoir. Dans ce cas-là, oui, ce serait *super*. Mais j'en doutais, vu que l'expression écrite n'a jamais été mon point fort. En maths ou en sciences, d'accord, je suis plutôt bonne. Parce qu'il faut appliquer des règles, et ça, j'aime bien. Mais en rédaction ? Honnêtement, j'avoue que le résultat n'est pas terrible.

— Mais non ! s'est écriée soudain Sophie.

Elle était tellement excitée qu'elle sautillait sur place. On aurait dit tout à coup qu'elle n'avait plus mal au pied.

— Je sais pourquoi Mme Hunter veut te voir ! Parce que c'est *toi* qui vas faire visiter l'école à La Nouvelle qui vient du Canada !

Erica a immédiatement approuvé :

— Oui, c'est sûrement ça ! Oh, Sophie ! Tu as toujours de tellement bonnes idées !

Pour toute réponse, Sophie a eu un petit sourire modeste. J'ai pris quelques secondes pour réfléchir. Sophie avait sans doute raison. Moi aussi, je venais d'arriver dans cette école. Enfin, je n'y étais pas depuis très longtemps, donc je comprenais ce qu'on ressent quand on est Nouvelle et je pouvais mieux expliquer.

En plus, je savais que Mme Hunter m'aimait bien. Sans vouloir me vanter, j'étais un bonheur, non ? Je me suis donc convaincue que Sophie avait deviné juste. Mme Hunter m'avait choisie, moi, pour aider La Nouvelle qui venait du Canada à s'intégrer à l'école ! J'étais toute contente, jusqu'à ce que je remarque que Sophie boudait parce que Mme Hunter n'avait pas vu son pied blessé.

D'accord, on ne lui avait pas mis de plâtre à l'hôpital. Le médecin s'était contenté de bander l'orteil avec celui d'à côté, mais elle portait quand même une sorte d'immense chaussette pour protéger son pied, et Sophie espérait que tout le monde demanderait ce qui lui était arrivé. Surtout Mme Hunter.

— Elle s'en apercevra sûrement quand on montera en classe, a dit Caroline pour être gentille.

Personnellement, je dois avouer que je ne pensais pas vraiment au pied de Sophie. J'étais trop fière d'avoir été désignée pour faire visiter l'école à La Nouvelle qui venait du Canada. Mais quand la cloche a sonné et qu'on s'est mis en rang, j'ai eu beau regarder tout autour, je ne la voyais toujours pas. Personne !

Bon, ai-je pensé. Peut-être qu'elle sera là demain. Parfois, on n'arrive pas à l'école pile le premier jour. C'est bien ce qui s'était passé, pour moi...

Pour en revenir à Sophie, vu le temps que ça nous a pris, à Caroline, Erica, et moi, pour l'aider à monter en classe, Mme Hunter a bien fini par remarquer que quelque chose n'allait pas.

— Sophie ! s'est-elle exclamée. Que t'est-il arrivé ?

— Je me suis cassé un orteil en jouant avec Allie à faire du patinage artistique, a expliqué Sophie.

— Oh, mais c'est terrible ! a soupiré Mme Hunter. J'espère que tu seras vite rétablie !

Sophie a eu un air rayonnant. La maîtresse s'était adressée à elle. À moi, elle ne m'avait pas parlé de mon nouveau béret. Mais bon. J'ai laissé mes amies pour aller voir Mme Hunter à son bureau. J'avais un peu le trac, je ne sais pas pourquoi.

Elle était en train de préparer les exercices qu'on aurait à faire, plus tard, dans la journée. Quand elle m'a vue, elle a levé la tête en souriant. Ma maîtresse a un sourire extraordinaire ! Il faut dire qu'elle est tellement jolie. Elle se remet toujours du gloss pendant la récréation. Une fois, je l'ai même surprise dans les toilettes et elle m'a montré sa technique pour appliquer le rouge à lèvres.

— Ah, Allie... a-t-elle dit en posant son stylo.

Je n'osais pas la regarder en face. Mme Hunter a des yeux magnifiques. Ils sont vert clair quand elle est de bonne humeur, mais quand elle nous gronde, ils deviennent très sombres et font presque peur. En tout cas, moi, je n'aime pas la voir en colère !

— J'ai un service à te demander, a-t-elle annoncé tout de suite.

Bon, je n'avais pas gagné de prix... Tant pis. Je ne m'y attendais pas, de toute façon. En tout cas, si Mme Hunter me demandait de lui rendre un service, ça signifiait au moins que je n'avais rien fait de mal et qu'elle n'était pas fâchée contre moi !

— Aujourd'hui, nous accueillons une nouvelle élève, a-t-elle continué. Elle est canadienne, et je crois qu'elle va être un peu perdue. Mais bien sûr, tout le monde sera très gentil avec elle. N'est-ce pas, Allie ?

J'ai hoché la tête avec enthousiasme, tellement fort que les barrettes de Mark ont glissé dans mes cheveux. Oui, bien sûr que je serais gentille avec La Nouvelle qui venait du Canada ! Je savais, *moi*, ce qu'on ressentait quand on était nouvelle...

— Parfait, a dit Mme Hunter. Justement, je me demandais où j'allais la mettre, et j'ai pensé que tu pourrais lui laisser ta place à côté d'Erica. Toi, tu t'assiérais au dernier rang, avec Rosemary, Stuart, Joey et Patrick. Tu t'entends bien avec Rosemary maintenant, n'est-ce pas ? Et je suis sûre que tu auras une très bonne influence sur les garçons !

Ça va peut-être paraître bizarre, mais quand j'ai compris ce que Mme Hunter attendait de moi – elle me demandait de quitter ma place à côté d'Erica et d'aller m'asseoir avec les garçons ! –, les larmes me sont montées aux yeux.

Je n'avais pas envie d'être à côté de Stuart Maxwell. Il n'arrête pas de dessiner des monstres qui mangent les cerveaux d'autres monstres. Et je ne voulais surtout pas me retrouver avec Joey Field ! (C'est lui qui a les yeux tout sales quand il arrive à l'école le matin, et il s'amuse tout le temps à aboyer en se prenant pour un chien !)

Quant à Patrick Day... Lui, il saute carrément sur sa table dès que Mme Hunter a le dos tourné, et imite un chanteur de rock avec sa guitare. Rosemary doit toujours l'obliger à se rasseoir. Au passage, elle en profite pour lui rappeler qu'il n'a rien d'une star – en tout cas, pour l'instant.

Non ! Je n'avais *pas envie* d'être assise à côté des garçons. Pas du tout, même ! Mais quelle autre solution j'avais ? C'est la maîtresse qui me le demandait ! Parce que d'après elle, j'aurais une bonne influence sur les garçons...

En même temps, je voyais bien que Mme Hunter ne me laissait pas vraiment le choix. Si je refusais en répondant : « Non, merci. Je n'ai pas envie de m'asseoir au dernier rang avec les garçons », je passerais pour une égoïste qui ne voulait pas aider La Nouvelle à s'intégrer. Et alors, je ne serais plus un bonheur pour Mme Hunter. Surtout que ce n'était pas facile d'être Nouvelle. J'étais bien placée pour le savoir. J'ai donc retenu mes larmes et j'ai dit :

— D'accord, ça ne me dérange pas de changer de place.

Ce qui était un pur mensonge, bien sûr. Mais *On a le droit de mentir si c'est pour faire plaisir à quelqu'un.* Mme Hunter m'a encore souri. Un grand sourire radieux, cette fois.

— Merci, Allie ! J'étais sûre que je pouvais compter sur toi. M. Elkart t'a déjà installé un bureau entre Stuart et Joey. Tu veux bien déménager tes affaires tout de suite ? Cheyenne va arriver.

Qui ? Cheyenne ? Ah oui... C'était le nom de La Nouvelle. La Nouvelle qui venait du Canada et qui prenait ma place à côté d'Erica, tandis que moi, j'aurais à supporter les horribles monstres de Stuart et les aboiements de Joey.

J'étais tellement écœurée par ce qui m'arrivait que j'avais presque envie de vomir. Non, en fait. J'avais plutôt envie de pleurer. Mais il n'était pas question de faire le bébé devant Mme Hunter, ma maîtresse que j'adorais et qui avait raconté à ma grand-mère que j'étais un bonheur. Quand on est un bonheur, on ne pleure pas juste parce qu'on doit s'asseoir entre deux garçons. Même deux garçons dégoûtants qui ne se lavent jamais (j'en étais sûre).

J'ai donc souri courageusement à Mme Hunter et j'ai répondu :

— Oui, je vais chercher mes affaires.

Règle n° 3

Porter un tee-shirt sur lequel il est écrit : " Dites non à la bêtise ", c'est intelligent

Quand j'ai répondu à Mme Hunter : « Oui, je vais chercher mes affaires », c'est la pire épreuve que j'avais connue de toute ma vie. Je ne sais même pas comment j'ai réussi à aller jusqu'à ma table tellement j'étais aveuglée par les larmes. J'allais partir au dernier rang, avec Stuart et Joey ! Au moment où j'ai ouvert mon sac pour sortir mes affaires, Erica m'a demandé d'un air inquiet :

— Qu'est-ce que tu fais, Allie ?

— Je vais au dernier rang, ai-je chuchoté, pour cacher les sanglots qui m'auraient brisé la voix si j'avais parlé normalement. Il faut que je laisse ma place à La Nouvelle. Elle s'appelle Cheyenne.

À voir l'expression sur le visage d'Erica, j'ai cru que c'était *elle* qui allait se mettre à pleurer.

— Quoi ? Alors, c'est pour *ça* que Mme Hunter voulait te voir ?

Caroline et Sophie, qui étaient placées dans la rangée juste devant, se sont aussitôt approchées. Enfin, Sophie a mis un peu plus de temps à nous rejoindre, à cause de son pied.

— Oh non ! s'est-elle écriée en apprenant que je déménageais.

Elle aussi a eu brusquement les larmes aux yeux. Sauf que Sophie joue facilement la comédie, alors ça se voyait encore plus.

— Ce n'est pas juste ! Tu dois t'asseoir au dernier rang ? Avec Rosemary ? Et les *garçons* ?

— Oh, ça ira... ai-je répondu pour la rassurer, même si je savais bien, moi, que ça n'irait pas du tout.

Je ne pourrais pas l'affirmer à cent pour cent, mais je suis presque sûre que Patrick Day se met les doigts dans le nez. Bon, il ne mange pas ce qu'il en retire... Enfin, je ne crois pas. Mais c'est toujours possible.

— À tout à l'heure, ai-je repris courageusement. À la récré...

Il y a eu un silence terrible. Puis Caroline a déclaré :

— C'est vraiment gentil qu'Allie laisse sa place... pour que La Nouvelle puisse être plus près du tableau.

Mais vu la tête qu'elle faisait, j'ai bien compris qu'elle non plus n'était pas emballée. Elle pensait sûrement la même chose que moi, à propos de Patrick et de son nez.

— Oui, ai-je renchéri. Je me suis dit que ce serait mieux pour elle.

Ce qui était complètement faux, évidemment. Parce que je ne m'étais rien dit du tout, je ne faisais qu'obéir à la maîtresse. De toute façon, je ne pouvais pas refuser. Enfin, si, j'aurais pu. Mais dans ce cas, je ne serais pas restée un bonheur pour Mme Hunter.

Erica, Caroline et Sophie m'ont aidée à rassembler mes affaires. J'ai remarqué qu'Erica aussi était au bord des larmes.

— Je n'ai pas envie d'être assise à côté de La Nouvelle, m'a-t-elle murmuré. Elle est sûrement très gentille mais...

Ça, c'est typique d'Erica. Elle n'aime pas dire du mal des gens, même de ceux qu'elle ne connaît pas encore. Au contraire, elle essaie toujours de bien s'entendre avec tout le monde et de faire que tout le monde s'entende bien.

— Je préfère être avec toi ! a-t-elle déclaré.

— Moi aussi...

J'ai senti que mon menton se mettait à trembler, mais je me suis retenue de pleurer.

— Ne t'inquiète pas... ai-je ajouté. Je suis sûre que tu vas la trouver sympa.

Là encore, je ne disais pas toute la vérité. Parce qu'en fait – même si c'est un peu égoïste de ma part –, j'espérais sincèrement qu'Erica ne la trouverait pas *trop* sympa. En tout cas, pas aussi sympa que moi.

Quand Rosemary m'a vue venir vers le dernier rang avec mes affaires dans les bras, son visage s'est éclairé. On aurait dit un sapin de Noël au moment où on allume les guirlandes.

— Oh là là, je n'y crois pas ! Tu vas t'asseoir ici, Allie ?

— Oui, ai-je répondu en lui souriant, même si en même temps, je décochais un regard noir aux garçons qui commençaient déjà à ricaner.

— Oh non, a gémi Stuart. Pas *elle* !

— Au secours ! s'est écrié Patrick. Surtout pas Allie Punchie !

À ce moment-là, Mme Hunter a lancé de sa voix la plus sévère :

— Les garçons !

Notre maîtresse était debout à son bureau dans le fond de la classe, tout près du dernier rang (où elle avait mis Stuart, Patrick et Joey pour pouvoir mieux les surveiller, ce qui prouve bien que ces trois garçons-là étaient les pires de la classe).

— Allie va s'asseoir au dernier rang à partir d'aujourd'hui. Je compte sur vous pour la traiter avec autant d'égards que Rosemary.

— Vous avez intérêt, ai-je soufflé aux garçons avec un air menaçant. Parce que sinon, ça va barder !

Les garçons ne me font pas peur, en fait. Comme j'ai deux petits frères, je suis habituée. Quand on se bagarre avec les garçons, je sais plus ou moins comment ça se passe. Ils vous frappent, vous les frappez aussi, et après c'est fini.

En revanche, avec les filles, je ne suis pas toujours en confiance. Bien sûr, je ne parle pas d'Erica, ni de Caroline ou de Sophie. Mais de certaines filles. Parce que, parfois, elles ne se battent pas comme les garçons. « Les filles préfèrent la guerre psychologique », c'est ce que m'a appris Oncle Jay. Par exemple, elles peuvent MENACER de vous frapper mais elles ne disent pas quand elles vont le faire. Du coup, vous avez tout le temps peur.

Les filles ont une autre technique : elles vous annoncent qu'elles ne vous parlent plus. Ou bien elles parlent de vous quand vous avez le dos tourné. Ou encore, elles vous disent des méchancetés en vous regardant droit dans les yeux. Ça, c'est presque pire qu'être frappé. Parce qu'au moins, quand on a reçu un coup, on n'y repense plus après. Mais avec les filles, ça peut durer, durer, durer...

— Viens, Allie, a dit Joey Fields en ouvrant mon pupitre.

Et il s'est mis aussitôt à aboyer et à grogner comme un chien :

— Ouaf, ouaf, grrr !

Sophie a poussé un petit cri. Elle apportait le reste de mes livres et de mes cahiers, mais elle était tellement terrorisée qu'elle a failli tout lâcher. Je me suis précipitée pour rattraper mes affaires.

— Arrête, Joey ! a grondé Rosemary. On a *compris* que tu étais un chien !

Puis elle s'est tournée vers moi :

— Allie ! Regarde ce que j'ai eu pour Noël !

Elle m'a montré le téléphone portable tout neuf qu'elle tenait à la main.

— Je peux jouer à plein de jeux ! a-t-elle ajouté en appuyant sur les touches. Et la caméra est de super bonne qualité ! Tu sais, j'aimerais bien filmer Micha... Si je venais déjeuner chez toi à midi ? Tu es d'accord ? S'il te plaît !

Rosemary avait eu un portable pour Noël ! Je n'en revenais pas. En plus, un portable de bonne qualité ! Tout ce que j'avais reçu comme cadeaux, moi, c'était un cache-cœur rose. Et des livres. Et des barrettes, du gloss, et un béret. Bon d'accord, j'avais eu aussi un jeu de danse, et une console... Mais ça, c'était pour toute la famille.

— Fais attention ! a chuchoté Erica à Rosemary en jetant un regard inquiet vers la maîtresse. Si Mme Hunter te voit avec ton portable, il va finir dans son tiroir.

Mme Hunter range les objets confisqués dans un tiroir spécial. Il est toujours rempli de téléphones, d'appareils photo, de talkies-walkies, et même, de voitures téléguidées. Bref, tout ce qui est interdit dans la classe. Et une fois qu'elle a confisqué quelque chose, elle ne le rend qu'à la fin de la semaine... si on a été sage.

— Hou là ! a fait Rosemary en glissant aussitôt son portable dans sa poche.

— Je te préviens, a dit Stuart Maxwell, si tu te mets à côté de moi, tu vas voir des monstres qui mangent des cerveaux !

Pour appuyer ses paroles, il m'a montré un dessin de monstres en train de se dévorer. J'ai bien compris qu'il me conseillait de m'asseoir ailleurs, et soit dit en passant, j'aurais adoré lui faire plaisir ! Mais je n'avais pas le choix. J'ai laissé tomber mes affaires en vrac dans mon pupitre. Tant pis pour le désordre. Je rangerais plus tard...

— Ils sont nuls, tes monstres, ai-je répliqué. Je peux t'en dessiner des bien pires que ça !

Stuart a eu l'air vexé.

— Ah bon ? a-t-il demandé. Avec des asticots qui sortent des orbites ?

— Évidemment, avec des asticots ! Et aussi plein de pus qui coule partout.

— Berk ! Tu es dégoûtante ! s'est exclamé Stuart.

Et il s'est tourné pour lancer à Joey Fields :

— Elle est dégoûtante !

— Ouaf ! a fait Joey. Ouah ouah !

Je l'ai dévisagé froidement.

— Tu te crois drôle ? ai-je lâché.

Sophie a poussé un petit gémissement. Pour un peu, on aurait cru qu'elle allait tomber dans les pommes. Il faut dire qu'en plus d'être la plus jolie fille de la classe, Sophie est aussi la plus délicate.

— Allie... m'a-t-elle soufflé. Tu es sûre que ça va aller ?

— Bien sûr que ça va aller ! a dit Caroline en apportant ma trousse et encore quelques livres. N'est-ce pas, Allie ?

— Mais oui...

Bon, c'est vrai que les garçons ne me faisaient pas peur. Je voyais bien que Patrick mourait d'envie de monter sur la table pour jouer de sa guitare imaginaire, et alors ? De toute façon, il n'oserait pas, parce que Mme Hunter était toujours dans la classe, même si elle avait quitté son bureau derrière nous pour aller ouvrir la porte à quelqu'un qui frappait.

— On se verra à la récré, ai-je dit à Sophie, Caroline et Erica en refermant mon pupitre. Tout va bien...

En plus, je me sentais obligée de les rassurer ! Ce qui était le comble, non ? Parce que celle qui avait le plus besoin d'être rassurée dans l'histoire, c'était quand même *moi*.

— Asseyez-vous ! a lancé Mme Hunter.

Caroline, Erica et Sophie ont vite obéi, et moi aussi, je me suis assise à ma nouvelle place. Vu d'ici, le tableau me paraissait incroyablement loin ! Sans compter que ça me faisait tout bizarre de me trouver derrière Erica, alors que d'habitude, je la voyais de profil. Comme si je n'étais pas déjà assez perturbée, Stuart Maxwell m'a montré un dessin de monstre sous la table.

— Hé, Allie ! Regarde ! Il te fait peur celui-là ?

Et Joey Fields a grogné, tout doucement, juste pour m'embêter :

— Grrr... Ouaf ! Ouah !

— Arrêtez ! ai-je soufflé en contenant à grand-peine mon agacement.

Quand je pense que Rosemary avait toujours été assise là, toute seule au fond avec les garçons ! Comment faisait-elle pour supporter ça ? C'est à ce moment-là que Mme Hunter a introduit quelqu'un dans la classe et qu'elle a annoncé :

— Les enfants, je vous présente votre nouvelle camarade. Cheyenne O'Malley. Cheyenne vient de l'Ontario, au Canada. Elle ne connaît pas encore très bien notre pays, alors je vous demande à tous d'être particulièrement gentils avec elle.

Je me suis redressée sur ma chaise pour mieux voir La Nouvelle. C'était la première fois que je rencontrais une Canadienne (en tout cas, à ma connaissance).

Eh bien, pour une première rencontre, je n'ai pas été déçue. Cheyenne était presque aussi jolie que Sophie. Peut-être même qu'elle faisait encore plus grande, avec ses longs cheveux bruns et bouclés, retenus en arrière par une grosse barrette brillante en forme de fleur. Sur son tee-shirt à manches longues, il y avait la photo d'une explosion et une phrase écrite en dessous : « Dites non à la bêtise. »

Ça, c'était intelligent ! Voilà ce que j'ai pensé. Parce qu'avec son tee-shirt, Cheyenne faisait passer un message à toute la classe d'un coup. Et le message, c'était que *elle,* Cheyenne, disait non à la bêtise, et que donc elle était très intelligente.

J'aurais dû mettre un tee-shirt comme le sien quand j'étais arrivée dans cette école !

À part ça, elle portait une minijupe en jean et des bottes en cuir marron, avec une fermeture Éclair sur le côté et des talons. Exactement ce que j'avais demandé pour Noël ! Mais ma mère avait décrété que j'étais encore trop petite pour porter des bottes à talons et que ça ne me servirait qu'à me tordre la cheville, alors à la place, j'avais eu un béret.

Apparemment, la mère de Cheyenne n'avait rien contre les bottes à fermeture Éclair et talons. Je suis sûre que c'était la mère la plus cool du monde. Ou alors, c'est juste que Cheyenne avait des chevilles très solides.

— Cheyenne, a dit Mme Hunter. Peux-tu nous parler un peu de toi ?

— Oui, bien sûr, a répondu Cheyenne.

Elle n'avait pas du tout l'air intimidé. Pas comme moi, le premier jour !

— Donc, je m'appelle Cheyenne, a-t-elle continué en souriant, et je viens de Toronto. C'est la capitale de l'Ontario. L'Ontario est une province du Canada qui touche plusieurs États américains : le Michigan, l'Ohio, l'État de New York, la Pennsylvanie et le Minnesota, ce qui fait que je connais bien la culture américaine. Chez nous, on reçoit toutes vos chaînes de télévision et on a les mêmes fast-foods.

DITES
NON
À LA
BÊTISE

Toronto est la plus grande ville du Canada. C'est *beaucoup* plus grand qu'ici ! À Toronto, j'habite dans un gratte-ciel, mais ici mes parents louent une maison parce que mon père a pris un congé sabbatique pour écrire son livre. C'est un livre sur la politique américaine... Mon père est un écrivain très connu.

Après ce discours qu'elle avait débité d'une traite, sans bredouiller une seule fois, Cheyenne s'est tue et a regardé Mme Hunter en attendant sa réaction.

— C'est très intéressant, a dit Mme Hunter. Nous avons appris beaucoup de choses sur Toronto, et sur ton père... Mais toi, Cheyenne ? Que peux-tu nous dire de *toi* ?

Oh là là ! Quand Mme Hunter m'avait posé cette question devant toute la classe, je me souviens, j'étais morte de peur ! J'avais eu envie de rentrer sous terre et je tenais à peine debout sur mes jambes tellement elles tremblaient. Pauvre Cheyenne. Est-ce qu'elle éprouvait la même chose que moi ? Et si ses jambes aussi se mettaient à flageoler jusqu'à ce qu'elle se torde la cheville dans ses bottes à talons ?

Si elle avait peur, en tout cas, ça ne se voyait pas.

— Ce que je peux dire de moi ? a-t-elle répondu tranquillement. Eh bien, il paraît que j'ai une intelligence supérieure à la moyenne... J'aime aussi les sports nautiques, comme la natation et la voile. Surtout sur le lac Ontario.

— Merci, Cheyenne, a dit Mme Hunter avant qu'on ait le temps d'applaudir.

Enfin, je ne sais pas si les autres avaient envie d'applaudir, mais moi, si. J'étais pleine d'admiration. C'est vrai, quoi. Cheyenne s'exprimait tellement bien ! Pas une seule fois elle n'avait dit « euh », ni « ben ».

— Tu peux aller t'asseoir maintenant, a repris Mme Hunter. Je t'ai mise à côté d'Erica Harrington. Erica ?

Voyant qu'Erica agitait la main, Cheyenne lui a souri puis elle est allée s'asseoir à côté d'elle (à ma place, donc). Erica l'a aidée à s'installer, comme elle l'avait fait avec moi le premier jour. J'ai bien observé les affaires que Cheyenne sortait de son cartable, et j'ai remarqué qu'elle n'avait pas de trousse customisée. Au contraire, son matériel me semblait parfaitement banal. Un matériel de grands, quoi.

Je trouvais ça un peu triste, mais bon. Moi, si j'étais allée dans une nouvelle école, et en plus, dans un pays étranger, j'aurais acheté plein de super fournitures. C'est ce que j'avais fait d'ailleurs, avant d'arriver ici. J'avais choisi un agenda avec des chevaux sur la couverture, et même des chevaux pour *tous* mes protège-cahiers.

Caroline et Sophie se sont retournées pour dire bonjour à Cheyenne. Les autres filles aussi la regardaient avec curiosité, et j'en ai déduit qu'elle deviendrait vite très populaire. Rien qu'à cause de son tee-shirt, déjà. *Tout le monde* a envie d'être amie avec quelqu'un qui a une intelligence supérieure à la moyenne et qui dit non à la bêtise !

Donc, *Porter un tee-shirt sur lequel il est écrit : « Dites non à la bêtise », c'est intelligent.* (Autre règle.)

En tout cas, j'allais devoir attendre la récréation pour parler à Cheyenne. Et je ne pouvais même pas lui lancer de petit mot, il n'arriverait jamais jusqu'à sa table. Tout ça parce que moi, on m'avait reléguée au fond de la classe, avec ceux qui se mettaient les doigts dans le nez et dessinaient des monstres mangeurs de cerveaux.

Est-ce que j'allais m'en sortir vivante ?

Règle n° 4

Ce n'est pas gentil de dire aux autres qu'elles jouent à des jeux de bébés

Quand la récréation est arrivée, je n'en pouvais plus ! J'avais demandé à Stuart, *quatre fois,* d'arrêter de me montrer ses horribles monstres. Après, j'ai compris que le seul moyen de me défendre, c'était d'en dessiner moi aussi, encore plus répugnants que les siens.

J'ai donc passé toute l'heure de maths à dessiner. Du coup, je n'ai pas levé le doigt une seule fois. Caroline était la seule à répondre, et Mme Hunter l'a remarqué.

Mais elle n'a fait aucun commentaire. Sans doute voulait-elle me laisser le temps de m'acclimater à mon nouvel environnement (c'est une expression que j'ai relevée dans mes livres sur les animaux). Juste avant la récréation, j'ai posé mon dessin sur la table de Stuart. Il était tellement impressionné qu'il a bredouillé :

— C'est... c'est pas toi... qui as dessiné ça !

Pour le convaincre, je lui ai montré ma signature au bas de la feuille. *Allison Punchie*. Et histoire d'être encore plus persuasive, j'ai rajouté des larves à celles qui grouillaient déjà dans le cerveau du monstre. J'avais eu l'occasion d'en observer, un jour, quand j'étais tombée sur un écureuil mort dans le jardin.

Je suis naturellement douée pour le dessin. Pour plein d'autres choses aussi, d'ailleurs... Je pourrais même dire que je suis très intelligente, sauf que *moi*, je n'ai pas besoin de le clamer sur tous les toits ou avec un tee-shirt. Au moment où je m'apprêtais à aller chercher mon manteau et mon béret, j'ai aperçu quelque chose de bizarre dans la case de Joey Fields. Plus exactement, j'ai *cru* voir quelque chose. Comme j'avais juste jeté un coup d'œil rapide, je n'en étais pas sûre à cent pour cent, mais il m'a semblé que c'était des livres. Non, je m'étais sûrement trompée... Les garçons ne lisent pas. Surtout les garçons dissipés comme Joey Fields.

En tout cas, parmi tous les élèves qu'on pouvait soupçonner de prendre les livres dans la bibliothèque de la classe, jamais je n'aurais pensé à Joey Fields ! Non, vraiment, ça me paraissait inimaginable. À tous les coups, j'avais mal vu. Ce qui n'était pas très surprenant, étant donné que j'avais un peu la tête en vrac à force de dessiner des larves répugnantes pour Stuart Maxwell.

Mais dès que j'ai retrouvé Erica, Sophie et Caroline dans la cour, je me suis sentie mieux. C'était bon de prendre l'air, même s'il faisait *vraiment* froid. Et surtout, quel soulagement de ne plus être avec les garçons !

— Oh, Allie ! s'est écriée Erica en me serrant le bras. Tu me manques trop ! C'est horrible qu'on ne soit plus à côté ! J'avais plein de choses à te raconter, et je n'ai *pas du tout* parlé à Cheyenne !

— Mme Hunter doit être contente de vous avoir séparées, a dit Caroline. On n'a pas entendu le mot « bavarder » pendant toute la matinée. Quel record !

Erica s'est aussitôt affolée.

— Tu crois qu'elle a déplacé Allie exprès pour qu'on ne soit plus ensemble ?

— Non, a répondu Caroline. En tout cas, je trouve que le dernier rang était moins agité aujourd'hui. Mme Hunter avait raison : Allie a une bonne influence sur les garçons ! Alors, Allie ? ça s'est bien passé ?

J'ai fait la grimace.

— Si on parlait d'autre chose ? J'ai un quart d'heure pour ne plus penser au dernier rang, alors... On joue aux Reines ?

— *Oui !* s'est écriée Erica.

On partait déjà toutes les quatre vers les buissons quand Erica – qui courait en tête – s'est arrêtée brusquement. J'ai failli lui rentrer dedans, Sophie m'a bousculée, et Caroline s'est arrêtée derrière juste à temps.

— Quoi ? Qu'est-ce qu'il y a ? a demandé Caroline.

— Regardez ! a dit Erica en montrant quelque chose de la main.

Vu qu'elle portait des moufles, on ne voyait pas très bien ce qu'elle désignait, mais on a quand même tourné la tête dans la direction indiquée, et là... Oh non, c'était trop triste ! Il y avait Cheyenne, assise sur une balançoire. Toute seule. Personne ne s'amuse aux balançoires quand il fait froid (on a bien essayé, mais ce n'est pas drôle d'avoir le nez qui coule quand on ne peut pas se moucher).

Cheyenne ne devait pas aimer ça non plus, parce qu'elle ne se balançait pas. Elle était juste assise là, tête basse, et elle regardait par terre. Sans personne à qui parler.

— Oh, a gémi Sophie. La pauvre !

— On lui propose de jouer avec nous ? a suggéré Erica.

J'étais sûre de ne pas me tromper en déclarant :

— Ça ferait plaisir à Mme Hunter.

— Vous voulez lui proposer de jouer aux Reines ? a demandé Caroline, mais au ton de sa voix, on sentait bien qu'elle n'en avait pas envie.

Moi aussi, j'hésitais.

— Elle est intelligente, mais bon...

— Comment tu le sais ? a répliqué Caroline.

— Parce que... Elle l'a dit quand elle s'est présentée. Et c'est le message écrit sur son tee-shirt.

— Tout le monde peut avoir un tee-shirt comme ça, a fait observer Caroline très justement.

Oui, tiens. Je n'y avais pas pensé.

— C'est vrai, ai-je répondu. Sauf que pour oser le mettre, à mon avis, il faut être vraiment intelligent.

— Sinon ce serait un mensonge ! a renchéri Sophie.

Caroline s'est tournée vers Erica.

— Toi, tu étais assise à côté d'elle toute la matinée... Tu crois qu'elle aimerait bien jouer aux Reines ?

Erica a haussé les épaules.

— Ben oui. Qui n'aimerait pas ? Enfin... à part Rosemary.

Ce qui était la vérité.

— Bon, a déclaré Caroline un peu à contrecœur. Alors, allons-y... On verra bien.

La décision était prise. On a donc proposé à Cheyenne de jouer avec nous. Et là, à mon grand étonnement, elle n'a pas du tout réagi comme je m'y attendais. Je veux dire, comme quelqu'un qui se morfond seul dans un coin et qui est tout content qu'on vienne lui parler. Au contraire, elle a répondu plutôt sèchement :

— Ça dépend. Vous jouez à quoi ?

On a laissé Caroline expliquer. C'est souvent elle qui parle quand on est toutes ensemble, parce qu'elle s'exprime bien. Normal, elle est championne d'orthographe.

— À un jeu qu'on aime bien... ça s'appelle les Reines. On fait semblant d'être des reines, et il y a un méchant seigneur qui veut obliger Sophie à l'épouser, mais elle le repousse parce qu'elle a donné son cœur à quelqu'un d'autre. À Peter Jacobs... C'est lui qui joue au foot là-bas sur la pelouse, avec un anorak vert... Il est en C.M.1 aussi, dans la classe de Mme Danielson.

— Caroline ! Tais-toi !

Sophic a rougi, mais en même temps, elle était ravie d'être le centre de l'attention.

— Donc nous, on se bat contre le méchant seigneur, a continué Caroline. On a des épées, des bâtons, de l'huile bouillante et tout ça. Notre château se trouve derrière les buissons... Si tu veux, tu peux jouer avec nous.

Cheyenne a regardé du côté des buissons. Puis elle a souri poliment et a répondu, sans bouger de la balançoire :

— Non, merci. Je ne sais pas si vous avez remarqué, mais on est en C.M.1, quand même ! Il me semble qu'on a passé l'âge de jouer à des jeux de bébés où on fait semblant. Non ?

J'étais complètement estomaquée. Est-ce que j'avais rêvé ? Cheyenne nous traitait de bébés ! Ça alors ! Je la regardais toujours fixement, quand j'ai senti qu'on me tirait par le bras.

— Bon, tant pis, a déclaré Caroline. On jouera sans toi.

Et elle m'a entraînée en m'arrachant à ma stupeur.

— Oh là là ! s'est exclamée Sophie pendant qu'on se dirigeait vers les buissons. Vous avez entendu ? Non, mais vous avez entendu ? Je n'y *crois pas* !

— Elle n'a pas dit ça par méchanceté, a plaidé Erica. (Bien sûr, Erica ne peut pas imaginer que quelqu'un soit méchant.) Peut-être qu'elle a mal compris, parce qu'elle vient d'un pays étranger et...

— Non ! a coupé Caroline. Elle est méchante !

Je n'avais jamais vu Caroline aussi en colère. On voyait presque de la fumée lui sortir par les oreilles, tellement elle était furieuse. Et quand on est arrivées devant notre château, elle a même tapé du pied, ce qui ne lui ressemble *vraiment* pas.

— C'est juste parce qu'on joue à un jeu qui n'est pas *le sien* ! Et elle, alors ? À quoi elle aime jouer ?

À rien, apparemment ! Eh bien, elle n'a qu'à rester assise toute seule sur sa balançoire, on s'en fiche !

Erica a lancé un regard du côté de Cheyenne.

— Elle est peut-être timide... a-t-elle suggéré.

— N'importe quoi ! a répliqué Caroline qui ne décolérait pas. C'est de la grossièreté, voilà ce que c'est ! Allez, venez. Nous, on va jouer !

On est entrées à quatre pattes dans notre château secret, et à partir de ce moment-là, on n'a plus du tout pensé à Cheyenne O'Malley. Disons plutôt qu'on a *essayé* de ne pas y penser. En tout cas, moi, j'essayais. Mais ce n'était pas facile, parce que la voix de Cheyenne résonnait encore dans ma tête : « Je ne sais pas si vous avez remarqué, mais on est en C.M.1, quand même ! Il me semble qu'on a passé l'âge de jouer à des jeux de bébés où on fait semblant ! » Est-ce que les autres aussi entendaient les paroles de Chcycnnc dans leurs têtes ? Moi, je me les repassais en boucle. Quelle torture ! Je me demandais si vraiment, en C.M.1, on était trop grandes pour les jeux où on fait semblant. Parce que Caroline, Sophie, Erica et moi, on ne jouait qu'à ça ! Par exemple, on disait qu'on était des reines. Ou des capitaines de vaisseau spatial. (Ça, c'est une idée que j'avais piquée à mes frères. Ils jouaient tout le temps au vaisseau spatial en se parlant par la grille de chauffage, dans le mur qui sépare leurs deux chambres. Mais je ne leur aurais jamais avoué que je les copiais ! Surtout que, nous, on ne s'en servait même pas de la grille de chauffage.) On faisait aussi semblant d'être nos poupées Barbie. Ou alors, on jouait à être des grandes du collège et on empruntait les affaires de Missy, la sœur d'Erica (après, elle nous passait un savon, mais ça valait quand même le coup parce qu'on s'était bien amusées).

On avait plein d'autres jeux encore où on imaginait des personnages. Parfois, on disait qu'on était des savants fous, et on mélangeait tous les produits ménagers qui se trouvaient sous l'évier, dans la cuisine de Caroline, pour voir si la mixture exploserait. Ou bien on se prenait pour des stars de cinéma et on se déguisait avec les habits de la mère de Caroline (elle n'était pas contente parce qu'on mettait trop de désordre, mais là aussi, ça valait la peine).

Et maintenant, à cause de ce qu'avait dit Cheyenne, je me sentais prise d'un terrible doute. Est-ce que tout ça, c'était vraiment trop *bébé* ? Peut-être que oui. Pourtant, on s'amusait bien ! Alors, pourquoi y renoncer ? J'ai donc fini par prendre une décision : si ça faisait bébé de se déguiser avec les habits de nos mères, tant pis. Dans ce cas, moi, je ne voulais pas grandir.

Quand la cloche a sonné, je n'étais pas la seule à trouver la récréation trop courte. On aurait bien aimé avoir une heure de plus pour se remettre des émotions de la matinée !

Mais on est quand même vite allées se mettre en rang. Et c'est à ce moment-là qu'on a remarqué que Cheyenne n'était plus toute seule. Elle discutait avec Marianne et Dominique, deux autres filles de la classe.

— Regardez ! a dit Erica. Cheyenne s'est fait des amies. On n'a plus besoin de s'inquiéter pour elle maintenant.

— Pourquoi on s'inquiéterait ? ai-je répliqué. Elle n'a qu'à se débrouiller sans nous.

— Tu crois qu'elle va leur raconter ? a demandé Sophie à Caroline. Je veux dire, pour moi et le prince Peter ?

Personne ne devait savoir que Sophie était amoureuse de Peter, mais à force de tellement en parler, on oubliait parfois que c'était un secret.

— Non, a répondu Caroline. Qu'est-ce que ça lui apporterait ? Ce serait vraiment sournois de sa part.

Vu que Caroline est championne d'orthographe de notre école – mais pas du département, parce qu'elle a été éliminée par une fille d'une autre école le mois dernier –, elle utilise parfois des mots compliqués qu'on ne comprend pas. Mais « sournois », je connaissais.

Bon. Je ne fréquentais pas Cheyenne depuis assez longtemps pour savoir si elle était sournoise ou pas.

En tout cas, une chose me paraissait certaine : elle n'était pas très gentille. *Ce n'est pas gentil de dire aux autres qu'elles jouent à des jeux de bébés.* (Encore une règle.)

Ou alors, peut-être qu'elle était juste mal à l'aise. Ça peut arriver à n'importe qui, surtout le premier jour dans une nouvelle école – et dans un pays étranger, en plus. J'ai pensé qu'on devrait quand même lui offrir une deuxième chance. Elle était sûrement un peu intimidée. Pourtant, je dois dire qu'elle m'avait plutôt donné l'impression d'être très sûre d'elle.

Mais même les gens qui ont l'air sûr d'eux sont parfois mal à l'aise. C'est ce que ma mère m'avait expliqué, un jour. J'avais aussi entendu des gens qui en parlaient à la télé, dans une émission à propos de la confiance en soi.

Bref. Il était trop tôt pour décréter que je n'aimais pas Cheyenne, et encore moins que je la détestais. (Parce que *On ne doit détester personne*, c'est une règle. Même si bien sûr, il y a des gens qui méritent qu'on les déteste, par exemple les meurtriers, et ceux qui maltraitent les animaux.) J'ai donc choisi de lui laisser une chance de se rattraper.

Pour ça, on n'avait qu'à attendre la récréation de midi.

J'ai invité Rosemary, Caroline, Sophie et Erica à venir déjeuner chez moi. Je voulais qu'elles essaient mon jeu de danse, et j'avais envie aussi de leur montrer combien Micha avait grandi. Ma mère est d'accord pour que je ramène des amies, même quand je n'ai pas demandé la permission, parce que je sais me préparer à déjeuner maintenant. Du coup, elle prévoit assez à manger pour que je puisse inviter qui je veux. Et si jamais il nous manque des petits pains ou des saucisses de Francfort (toutes mes amies adorent les hot dogs au micro-ondes), on peut toujours aller chez Erica. Mme Harrington stocke des tonnes de provisions dans son cagibi, vu qu'Erica a un frère de quatorze ans. Un jour, je l'ai vu manger huit oranges à la suite, sans s'arrêter. Il aurait continué si sa mère ne l'avait pas empêché, mais elle avait peur qu'il se rende malade.

J'étais donc tout excitée quand je suis arrivée chez moi avec mes amies, le premier jour d'école après les vacances de Noël. Sauf que je n'ai pas pu leur montrer mon jeu de danse, parce que mon Oncle Jay était allongé sur le canapé du salon, une couverture sur les jambes, et qu'il regardait la chaîne des informations. Nous, les enfants, on n'a pas le droit, mais Oncle Jay connaît le mot de passe que ma mère a installé pour le contrôle parental. (En fait, nous aussi, on le connaît. C'est même nous qui l'avons donné à Oncle Jay, mais il a promis de ne pas nous dénoncer.)

— Qu'est-ce que tu fais là, *toi* ? ai-je demandé.

Mon Oncle Jay est encore étudiant, alors il habite dans un appartement sur le campus de l'université.

— Bonjour, a répondu Oncle Jay en coupant le son avec la télécommande. Je vois que tu es contente de me voir, ça fait plaisir !

— Bonjour, monsieur Punchie, a dit Caroline.

Caroline n'est pas timide avec les adultes, elle leur adresse facilement la parole. C'est parce qu'elle voyage beaucoup avec son père, qui est professeur d'histoire, spécialiste de l'Asie, et vu qu'elle a visité plein de pays, elle a l'habitude de rencontrer des gens. Ce n'est pas comme moi. Mon père enseigne l'informatique, alors...

— Vous êtes malade ? a demandé Caroline.

— Je t'en prie, appelle-moi Jay ! a soupiré mon oncle sans bouger du canapé. M. Punchie, c'était mon père. Et pour répondre à ta question... Oui, je suis malade.

Sophie a montré son pied enveloppé dans la grosse chaussette.

— Vous vous êtes cassé un orteil ? Moi aussi !

Oncle Jay n'a même pas levé la tête de son coussin.

— Non, je ne me suis pas cassé un orteil. C'est bien plus grave que ça !

À son tour, Erica a proposé une idée :

— Vous avez la grippe ? Ma sœur Missy l'a eue la semaine dernière, pendant qu'on était en Floride. Elle a passé trois jours à vomir !

— Le mal qui me frappe n'est pas un virus, a gémi Oncle Jay. Ce qui est cassé en moi, hélas, c'est mon cœur.

Mon frère Kevin, qui avait enfin réussi à se débarrasser de sa combinaison fourrée, est arrivé pile à ce moment-là. En voyant Oncle Jay couché sur le canapé, il a demandé :

— Tu vas mourir ?

— La mort n'est-elle pas inévitable ? a murmuré Oncle Jay.

Et Mark, qui venait d'entrer lui aussi, a lancé :

— Si tu meurs, je pourrais avoir ta console ?

— Mark ! me suis-je écriée.

Les garçons sont vraiment bêtes, parfois. Et pas très délicats. C'est une règle.

— Oui, bien sûr, a répondu Oncle Jay en attrapant Mark par la main. Je te la lègue. Parce que là où je vais, je n'en aurai plus besoin !

— Jay ! Arrête un peu ta comédie ! a lancé ma mère de son bureau, qui se trouve juste derrière la cuisine. Les enfants, laissez-le tranquille... Il n'est pas en forme aujourd'hui. Sa petite amie vient de rompre, mais il s'en remettra.

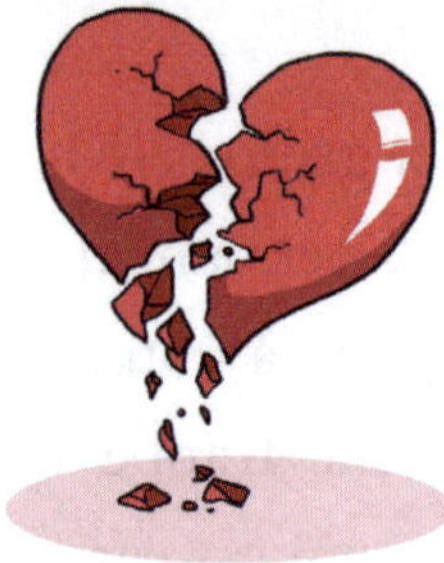

Règle n° 5

Ce n'est pas parce que quelque chose plaît à tout le monde que c'est forcément bien

J'étais sous le choc. Quoi ? Harmony, la petite amie d'Oncle Jay, avait rompu ! Le pauvre, il était tellement déprimé qu'il ne pouvait même pas retourner chez lui, parce que c'était là qu'elle lui avait annoncé La Nouvelle. Se retrouver tout seul dans son appartement le rendait trop triste.

C'est pour ça qu'il était allongé sur le canapé, en train de regarder la télé et de manger du pop-corn.

— Mais... Qui va nourrir Wang Ba ?

Ce sont les premières paroles qui sont sorties de ma bouche. D'accord, je reconnais que ce n'était pas très gentil de ma part. Mais si vous aviez sauvé une tortue d'une mort certaine dans un restaurant chinois, et que votre oncle avait promis de veiller sur elle, vous aussi vous lui poseriez cette question en apprenant qu'il quittait son appartement pour venir vivre sur votre canapé !

— Ne te fais pas de souci pour Wang Ba, a soupiré Oncle Jay. Mon voisin de palier va s'en occuper.

— Ah bon, ai-je dit simplement.

Je trouvais quand même que mon Oncle Jay avait une mine épouvantable. Visiblement, il ne s'était pas rasé depuis plusieurs jours et son bouc poussait tout de travers.

Pas étonnant qu'Harmony l'ait quitté ! Il ressemblait à un sauvage. Ou à une sorte d'homme des bois... Mais rien à voir avec Tarzan, si vous voyez ce que je veux dire.

— Laissez Oncle Jay tranquille, les enfants ! a répété ma mère. Venez dans la cuisine, il y a de la soupe toute prête. Vous pouvez aussi vous faire réchauffer des crêpes jambon-fromage au micro-ondes.

Les crêpes jambon-fromage, c'est ce que je préfère. J'étais donc partagée. D'un côté, j'avais très envie d'aller manger, mais en même temps, j'aurais bien aimé aussi savoir ce qui s'était passé entre Oncle Jay et Harmony. Apparemment, Sophie était aussi curieuse que moi.

— Harmony a rompu ? s'est-elle exclamée.

J'avais oublié que Sophie la connaissait. Mais oui ! Oncle Jay et elle étaient venus nous garder tous les deux pendant les vacances de Noël, un soir où mes parents allaient à une fête chez des collègues de ma mère. Et ce soir-là, Erica avait dormi à la maison.

— Elle m'a expliqué qu'elle voulait autre chose dans la vie, a dit Oncle Jay. Un travail, une famille, être propriétaire d'une maison... Alors que moi, je vais sûrement rester étudiant jusqu'à la fin de mes jours. Ce qui est la vérité, mais je ne vois pas pourquoi la soif d'apprendre ne serait pas un but honorable en soi. Elle prétend aussi que je refuse de m'engager, parce que je ne cherche pas de travail. Sur ce point non plus, je ne suis pas d'accord. Pourquoi exigerait-on d'un artiste qu'il s'astreigne à une existence laborieuse, qui est le lot du commun des mortels, au risque de perdre sa fibre artistique ?

— Jay ! a crié ma mère dans la cuisine. Ce ne sont pas des idées à mettre dans la tête d'enfants de neuf ans ! Venez, les filles ! La soupe est en train de refroidir.

— Oncle Jay ? a demandé Kevin. Si tu meurs, est-ce que je pourrais avoir ton futon ?

— Mon futon ? Pourquoi donc ?

— Parce que comme ça, mes amis auront un endroit où s'asseoir quand ils viennent dans ma chambre.

— D'accord. Je te lègue mon futon, a dit Oncle Jay en fixant tristement la télé.

Pendant qu'on filait dans la cuisine, Kevin m'a chuchoté :

— Je vais changer la housse... Celle d'Oncle Jay est trop moche. Moi, j'en veux une violette. En velours.

— Tu n'es qu'un égoïste ! ai-je reproché. Pauvre Oncle Jay, tu ne penses même pas à lui ! De toute façon, il ne va pas mourir.

— S'il ne mange que du pop-corn, si ! a affirmé Kevin.

Une fois attablés devant nos crêpes, on était tous un peu troublés à l'idée qu'un homme allait peut-être mourir dans la pièce à côté parce qu'il avait le cœur brisé. Je savais qu'Oncle Jay aimait beaucoup Harmony. Elle voulait devenir journaliste pour la télé et je la trouvais très belle, avec ses longs cheveux noirs et ses mains toutes fines qui bougeaient tout le temps quand elle parlait. En plus, elle racontait plein de choses intéressantes. Elle avait même écrit un article sur moi. Il était paru dans la gazette locale. Qu'est-ce que j'étais fière !

— Moi, je pense qu'il devrait demander pardon à Harmony, a déclaré Erica. Comme ça, elle reviendra avec lui et ils pourront se marier.

— Sauf qu'il ne peut pas lui demander pardon s'il ne reconnaît pas ses torts, a fait observer Caroline. Surtout s'il n'a pas envie de changer. Ce ne serait pas honnête. De toute façon, Harmony verra bien qu'il n'a pas trouvé de travail.

— C'est trop triste, a soupiré Sophie en repoussant son assiette. Ça me coupe l'appétit de voir quelqu'un qui a autant de chagrin.

Rosemary s'est levée et a lancé avec impatience :

— On va filmer Micha maintenant ?

En voilà une au moins qui gardait les pieds sur terre. Elle avait raison, puisqu'on ne pouvait pas danser à cause d'Oncle Jay qui squattait la télévision. Après avoir mis nos assiettes et nos bols dans le lave-vaisselle, on a jeté un coup d'œil discret dans le salon pour voir comment allait le mourant... Il ronflait ! Son bouc tremblait à chaque respiration et il y avait des miettes de pop-corn prises dedans.

— Berk, a fait Sophie.

On est montées dans ma chambre et on s'est bien amusées à filmer Micha, à le caresser et à le brosser. Ce qui nous a bien occupées, vu que c'est un chat tigré avec de longs poils gris, blancs et noirs, et qu'il n'arrive pas encore à faire sa toilette parce que sa langue est trop petite. Bref, tout ça nous a pris du temps, et quand on est retournées à l'école, la récréation était déjà presque finie.

Mais là, un spectacle incroyable nous attendait ! Toutes les filles de la classe jouaient ensemble dans la cour. Il y avait même aussi des élèves de Mme Danielson... Et c'était Cheyenne, La Nouvelle, qui menait le jeu !

Ça ne nous a pas paru très clair, au début, à part que les filles couraient partout dans la cour. Mais au bout d'un moment, on a fini par comprendre : elles pourchassaient un garçon qui essayait de leur échapper en se cachant derrière d'autres groupes d'élèves. Sauf que ça ne marchait pas, parce qu'ils s'éparpillaient dès qu'ils voyaient les filles leur foncer dessus. Évidemment ! Moi aussi, j'aurais fait pareil.

En continuant à observer le jeu, on a cru reconnaître le garçon qui s'enfuyait devant les filles.

— Mais... C'est le prince Peter, non ? a dit Caroline.

À cet instant précis, mon frère Mark est passé à côté de nous. Il tenait son ballon de foot dans les mains et il était furieux parce que les filles avaient interrompu son match en traversant le terrain.

— C'est qui, le garçon ? ai-je demandé en le saisissant par le bras pour obtenir confirmation.

Mark était tout étonné que je lui parle. Normalement, à l'école, on fait comme si on ne se connaissait pas. C'est une autre de mes règles.

— Peter Jacobs, a-t-il répondu.

— *Quoi ?*

Sophie est devenue blanche comme un linge. C'est vraiment une très bonne comédienne. Parfois, quand on joue aux Reines, on dit que le prince Peter a été décapité par le méchant seigneur, et au moment où Sophie apprend la nouvelle, elle s'évanouit. C'est fou ce qu'elle joue bien. Tout son corps devient mou comme du caoutchouc.

Mais là, elle ne jouait pas la comédie. On avait franchement l'impression qu'elle allait tomber dans les pommes, pour de vrai. Je me suis précipitée à son côté pour pouvoir la rattraper si jamais elle s'évanouissait. Pendant ce temps-là, Peter avait réussi à échapper aux filles et détalait en criant : « Vous ne m'avez pas eu ! »

— C'est un jeu de La Nouvelle, a expliqué Mark. Celle qui vient du Canada... Ça s'appelle « la chasse aux bisous ». Elle a dit que tout le monde y jouait, dans son ancienne école.

Voyant qu'on le dévisageait sans comprendre, il a continué :

— En fait, les filles choisissent un garçon et elles le poursuivent. Si elles l'attrapent, La Nouvelle doit essayer de l'embrasser.

Il y a eu un silence.

— Je ne me sens vraiment pas bien, a gémi Sophie, qui était toujours aussi pâle.

Mark ne savait pas que Sophie était amoureuse de Peter, mais il a fait mine de comprendre ce qu'elle voulait dire et a renchéri :

— Oui, moi aussi je suis dégoûté. Peter, c'est notre meilleur attaquant.

À son tour, Rosemary a donné son opinion (elle non plus n'était pas au courant pour Sophie et le prince Peter) :

— Elles sont complètement folles ! C'est la honte, ce jeu !

— Il faut que je m'assoie, a murmuré Sophie. Tout de suite...

Pendant que Mark et Rosemary enrageaient parce que l'équipe de foot perdait un de ses joueurs, on a soutenu Sophie (qui boitillait, en plus) jusqu'au perron. Les bâtiments de l'école sont vraiment démodés. Il y a deux portes d'entrée surmontées d'inscriptions, l'une qui indique *GARÇONS*, l'autre *FILLES*, mais personne n'y prête plus attention. On a fait asseoir Sophie sur les marches du côté *GARÇONS*, et on lui a conseillé de se mettre la tête entre les jambes. (Un jour, à la télé, j'avais vu un secouriste aider une dame qui avait un malaise.) Sophie s'est penchée en avant, mais j'ai entendu qu'elle pleurait.

Caroline, Erica et moi, on ne savait pas trop quoi faire, sauf lui tapoter gentiment l'épaule pour la consoler. Tout à coup, un claquement de talons que je reconnaissais bien a résonné sur le sol de la cour, et en levant les yeux, j'ai vu Mme Hunter debout devant nous. Elle était toute jolie, avec ses joues roses, mais elle nous regardait d'un air inquiet.

— Qu'est-ce qui se passe ? a-t-elle demandé. Il y a un problème ?

— Non, non... a aussitôt répondu Erica.

Parce que Sophie n'aurait sûrement pas aimé que Mme Hunter sache pourquoi elle n'allait pas bien. Ça, on en était sûres.

— Elle a... elle est juste... euh...

— Elle a mal au pied, a dit Caroline.

Heureusement, Caroline était toujours là quand il fallait donner une réponse. Moi, je n'aurais jamais été capablc dc réagir aussi vite. Surtout que mon esprit était un peu ailleurs. Je revoyais encore le visage du prince Peter quand toutes les filles lui étaient tombées dessus. Il avait l'air complètement paniqué.

— Oh non ! s'est exclamée Mme Hunter. Alors, montez vite en classe toutes les trois. Ça évitera à Sophie d'être bousculée dans l'escalier. D'accord, Sophie ?

Sophie a relevé la tête. Son visage était baigné de larmes et elle pouvait à peine parler.

— M... merci, madame Hunter, a-t-elle réussi à articuler.

Mme Hunter a souri, puis elle est partie. On a aidé Sophie à se relever, et au moment où on entrait dans l'école, elle a gémi :

— Elle *sait* ! Je suis sûre qu'elle sait, pour moi et le prince Peter. Caroline l'a raconté à la récréation ce matin... Elle a fait ça exprès !

— Elle a fait quoi ? Qui ? a demandé Erica qui ne comprenait rien.

— La Nouvelle... Cheyenne. Elle sait que je suis amoureuse de Peter.

— Mais non ! a protesté Caroline.

Erica a immédiatement cherché une excuse :

— Elle n'a sûrement pas compris...

Moi, j'étais d'accord avec Sophie. Bien sûr qu'elle l'avait fait exprès ! J'en avais connu d'autres, des filles comme Cheyenne. Bon, je pouvais toujours me tromper... Mais j'en doutais.

Quelques minutes plus tard, quand la cloche a sonné et que tout le monde est arrivé dans la classe, j'ai constaté que j'avais raison (pour ce que je pensais de Cheyenne).

— On s'est bien amusées, hein ? a dit Dominique en accrochant son manteau.

— Oui, c'était une *super* récré ! a renchéri Marianne.

— J'adore ce jeu ! a minaudé Shamira. Qui tu vas essayer d'embrasser cet après-midi, Cheyenne ?

Cheyenne a rejeté en arrière une mèche de ses longs cheveux bruns et a parcouru la classe du regard. Ses yeux se sont fixés sur Stuart Maxwell, qui allait s'asseoir à sa place sans se douter de rien.

— Lui, a-t-elle annoncé très calmement.

— Ce sera facile de le repérer ! s'est écriée Josie. Vu qu'il est roux.

— Sauf s'il porte un bonnet, a fait remarquer Elizabeth.

Je n'en revenais pas ! Elizabeth Pukowski était la fille la plus timide de toute la classe. Elle ne parlait jamais à personne (en tout cas, pas à moi), et elle avait joué au jeu des bisous ? ! Comment était-ce possible ? Tout ça pendant qu'on déjeunait chez moi ? Quand je pense qu'on s'inquiétait pour Cheyenne ! Une heure plus tard, elle était en train de commander toute l'école (enfin, presque).

Tout de même, une question me tournait dans la tête : pourquoi les filles s'étaient-elles mises à jouer à la chasse aux bisous ? *Ce n'est pas parce que quelque chose plaît à tout le monde que c'est forcément bien.* Ça, c'est encore une règle. Par exemple, les bottes à talons et à fermeture Éclair, tout le monde a envie d'en avoir. Pourtant, on risque de se tordre la cheville (d'après ma mère).

Prenez aussi les fast-food. Tout le monde aime les nuggets, mais si on en mange tous les jours, on peut avoir une crise cardiaque et mourir. Et les courses automobiles, alors ? Si les gens aiment les regarder, en fait, c'est parce qu'ils ont envie que les voitures aient un accident. Mais dans ce cas, les pilotes sont blessés ou bien ils meurent. Donc, ce qui plaît aux spectateurs n'est pas bon pour les pilotes. Je pourrais trouver encore plein d'exemples de choses qui plaisent à tout le monde, mais qui ne sont pas forcément bien.

En tout cas, j'étais soufflée par les réactions de Marianne, Dominique, Shamira, Rosie et Elizabeth. Elles ne voyaient donc pas que le jeu de Cheyenne était nul, malgré les apparences ? Exactement comme les bottes à talons, les fast-food et les courses automobiles. Bon d'accord, un jeu qui venait du Canada pouvait paraître drôle et exotique... Sauf qu'il avait fait pleurer Sophie. Ça non plus, elles ne le voyaient pas ? Peut-être que non.

Pourtant, elles devaient bien se rendre compte que le prince Peter était furieux ! Il n'avait pas du tout l'air de s'amuser, lui, quand il s'était échappé. Au contraire, il ne semblait pas trop les aimer, ces filles – surtout Cheyenne. Alors, si le but était de se faire aimer des garçons, pourquoi les mettre justement dans une situation où ils vous détestaient ?

C'était absurde, si vous voulez mon avis. Mais bon. Apparemment, mon avis n'intéressait personne.

Je me suis assise à ma place à côté de Stuart. Il n'avait rien remarqué, évidemment, et il était loin d'imaginer ce qui l'attendait dans une heure et vingt minutes, pendant la récréation de l'après-midi. Le pauvre ! Il fallait quand même le prévenir, non ?

Je ne savais pas trop quoi faire. Parce que j'étais une fille, moi, pas un garçon. Alors, est-ce que je devais être plutôt du côté des filles ou du côté des garçons ? Finalement, j'ai pris une décision. Puisque j'étais l'amie de Sophie, j'allais défendre les garçons.

— Hum... ai-je fait pour attirer l'attention de Stuart.

— Quoi ? Ton monstre était répugnant, je te l'ai déjà dit. Fiche-moi la paix !

— Non, ce n'est pas à propos de ça...

Comment lui expliquer qu'il serait poursuivi par les filles à la récré, et qu'elles l'attraperaient pour que Cheyenne l'embrasse ? Ça le ferait peut-être rire. Allez savoir ! Et après tout, pourquoi est-ce que je m'occupais de ce qui ne me regardait pas ?

— Qu'est-ce que tu veux ? a-t-il ronchonné. J'ai pas envie de te parler !

Sympa ! Moi qui voulais juste lui rendre service ! Bon, très bien... Alors il se ferait embrasser par toutes les filles du C.M.1, que ça lui plaise ou non !

— Tant pis, ai-je déclaré. Tu ne diras pas que je n'ai pas essayé de te prévenir.

— De me prévenir de quoi ? a-t-il demandé d'un air soupçonneux.

— Trop tard... Tu verras bien.

Pendant ce temps, Joey Fields, à ma gauche, était en train d'observer la classe.

— Qu'est-ce qu'elles ont à chuchoter, les filles ? a-t-il interrogé.

— Pas *toutes* les filles, ai-je répliqué. Moi, je ne chuchote pas. Rosemary non plus. Ni Sophie, ni Caroline, ni Erica.

— Oui, mais vous, vous n'êtes pas des filles. Pas des *vraies*.

Je lui ai lancé un regard noir. Ah non ? Du coup, j'avais encore moins envie d'aider les garçons. Ça ne faisait même pas un jour que j'étais assise à côté d'eux, et déjà, ils ne me considéraient pas comme une vraie fille ? Et mes amies non plus ?

— Enfin, tu vois ce que je veux dire, a repris Joey, un peu gêné.

Bon, il était gêné, mais pas franchement mort de honte. Aussitôt après, vu que je le regardais toujours, il a fait :

— Ouaf !

J'avais déjà remarqué qu'il se mettait à aboyer quand il était mal à l'aise.

— Laisse tomber, ai-je dit, écœurée. Je ne vous dis pas ce qui va vous arriver, mais ce sera bien fait pour vous !

Et l'après-midi a passé très vite... Jusqu'à l'heure de la récré.

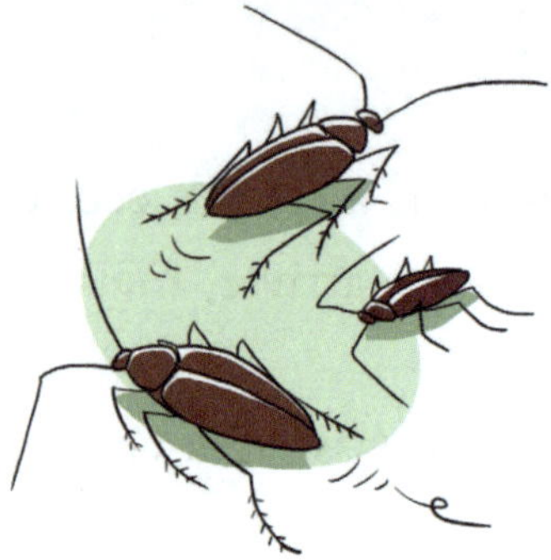

Règle n° 6

Le mensonge ne résout rien. En général

En un rien de temps, la chasse aux bisous est devenue le jeu préféré des C.M.1. Enfin, je parle des filles, bien sûr. Parce que les garçons ne se rendaient pas encore compte de ce qui se passait. Sauf quand arrivait leur tour d'être poursuivis. Là, ils comprenaient tout de suite.

Et si vous me demandez mon opinion, ça leur plaisait. Bon, d'accord, j'exagère. Patrick Day aimait bien être pourchassé, mais les autres n'avaient pas l'air d'apprécier. Quand les filles se jetaient sur eux, ils s'enfuyaient à toutes jambes comme s'ils avaient vu le diable en personne.

Patrick Day, lui, il partait en courant – pas très vite –, mais après il se laissait attraper. En fait, il adorait être embrassé par Cheyenne. Il riait comme un fou et criait : « Arrête ! Arrête ! Laisses-en un peu pour les autres ! »

Alors que les autres garçons étaient carrément furieux. Ils s'essuyaient la joue à l'endroit où Cheyenne les avait embrassés et hurlaient : « Berk ! C'est dégoûtant ! Va-t'en, Cheyenne ! »

Caroline, Sophie, Erica et moi, on restait ensemble à l'écart du terrain de jeu et on n'arrivait pas à y croire. C'était vraiment lamentable ! Quant à Rosemary, elle ne se souciait pas tellement de comprendre comment une chose pareille avait pu arriver. Ce qu'elle voulait surtout, c'était que ça cesse ! (Parce que les matchs de foot étaient interrompus chaque fois qu'un joueur devenait la cible de Cheyenne.)

— Et si je leur envoyais mon poing dans la figure ? a-t-elle suggéré en parlant de Cheyenne et des autres filles.

— Ce n'est pas possible, ai-je répondu. Elles sont trop nombreuses.

— Tu parles ! Je pourrais les écraser comme des cafards ! a soutenu Rosemary, qui n'avait pas du tout l'air de plaisanter.

Heureusement, je ne faisais pas partie des « cafards » ! Mais de toute façon, je savais que la violence n'est pas une solution.

— Nous, on n'a pas à intervenir, ai-je expliqué à Rosemary. Les victimes, ce sont les garçons. C'est à eux de faire quelque chose.

— Ben voyons ! a fait Rosemary en levant les yeux au ciel. Tu y *crois*, toi ?

Hélas, je dois reconnaître que Rosemary avait raison de douter. Les garçons étaient parfaitement incapables de régler le problème, et pourtant, ils en avaient par-dessus la tête (sauf Patrick Day). Stuart Maxwell m'avait même avoué d'une voix tremblante que, la première fois, il avait cru vivre un cauchemar quand il s'était retrouvé prisonnier des filles et qu'il avait vu la bouche de Cheyenne s'approcher, de plus en plus près... Même qu'il avait senti l'odeur de son gloss à la fraise !

— C'était *horrible*, a-t-il conclu.

— Tu n'avais qu'à courir plus vite, ai-je simplement répliqué.

Je me sentais un peu coupable de ne pas l'avoir prévenu, mais pas tant que ça, en fait. Après tout, c'était son problème. Le sien et celui des autres garçons. S'ils ne voulaient pas être attrapés et embrassés, ils n'avaient qu'à se défendre en se plaignant à Mme Hunter. Elle était tout le temps debout à côté du terrain de jeu, avec les autres maîtresses, et j'avais remarqué qu'elle regardait les filles d'un air perplexe, comme si elle essayait de comprendre ce qui se passait.

Pour échapper aux redoutables bisous de Cheyenne, il suffisait que les garçons aillent lui raconter, et elle ordonnerait aux filles d'arrêter. C'était simple. Alors pourquoi ne réagissaient-ils pas ?

En même temps, peut-être qu'ils ne disaient rien pour la même raison que moi, quand j'étais arrivée à l'école et qu'on m'avait embêtée. Je ne voulais pas que ma mère le sache parce que j'avais peur qu'elle en parle à Mme Hunter, et ma situation n'aurait fait qu'empirer.

Et puis, j'avais remarqué quelque chose. D'accord, les garçons détestaient le jeu des bisous (sauf Patrick), mais apparemment, c'était encore plus terrible pour ceux que Cheyenne *n'essayait pas* d'embrasser.

Comme Joey Fields, par exemple. À voir comment Cheyenne l'ignorait, on aurait dit qu'il avait la varicelle. Ou pire, la *lèpre*. Ce qui était dommage, parce que Joey, lui, aurait bien aimé que Cheyenne l'embrasse. Il en avait même *très* envie. Je le savais parce qu'il m'en parlait tous les jours. Sans doute que dans sa tête, j'étais la pro du jeu des bisous. N'importe quoi ! En tout cas, il n'arrêtait pas de me demander :

— Qui est-ce qu'elles vont poursuivre aujourd'hui à la récré ?

Ou bien :

— Tu crois qu'elles me choisiront aujourd'hui ? Pourvu que non ! Ouaf ! Ouaf !

Mais en fait, même s'il disait « pourvu que non », il *espérait* que les filles essaieraient de l'attraper. La preuve, il aboyait tout de suite après, ce qui est un signe de nervosité chez lui. En plus, il suçait des bonbons à la menthe toute la journée pour se rafraîchir l'haleine.

C'était vraiment triste. (Et dégoûtant aussi. En fait, j'hésitais entre les deux.) Autre détail : il n'arrivait plus à l'école avec les yeux sales le matin, et il se mettait du gel dans les cheveux pour ne pas avoir d'épis.

Je voyais bien aussi qu'il se tenait exprès à l'écart sur le terrain de jeu, pour être une proie facile à attraper quand Cheyenne lancerait les filles à sa poursuite. Au lieu de jouer au foot, comme d'habitude, il restait assis tout seul sur la balançoire en lisant un livre. Enfin, il *faisait semblant* de lire. Je suis sûre qu'il ne regardait même pas ce qui était écrit, parce qu'il surveillait les filles du coin de l'œil pour voir si elles allaient l'attaquer.

C'est à ce moment-là que j'ai compris que je ne m'étais pas trompée, le jour où j'avais cru voir une pile de livres dans sa case. C'est lui qui les prenait tous dans la bibliothèque de la classe ! J'ai même vu qu'il les emportait chez lui. Ça alors ! Un garçon aussi bizarre que Joey Fields aimait les mêmes livres que moi ?

Évidemment, je me suis tout de suite demandé comment je pouvais l'obliger à les rendre. Quand je pense qu'il en avait au moins dix ! J'ai essayé de lui en parler en prenant une voix très raisonnable. Une voix de grande, quoi. (*Parfois, il faut prendre une voix de grande pour obtenir ce qu'on veut. Surtout avec les garçons.* C'est une règle.)

— Les livres de la bibliothèque sont pour tout le monde, ai-je dit. Normalement, on doit les emprunter un par un. Alors ce serait bien si tu les rendais, tu ne crois pas ? Comme ça, les autres aussi pourraient les lire.

Mais il a nié. Il a prétendu qu'il n'en avait pas et m'a accusée de raconter n'importe quoi. Quel menteur ! *Le mensonge ne résout rien. En général.* C'est une règle. D'accord. La série qu'il a empruntée, c'est plutôt pour les filles. Peut-être alors avait-il honte qu'on le surprenne à en lire. Quand même ! Il n'était pas obligé de mentir.

Du coup, j'étais bien contente que Cheyenne ne veuille pas l'embrasser, même si ça le rendait triste. Moi non plus, je n'aurais pas voulu (mais de toute façon, je n'ai envie d'embrasser *aucun* garçon).

En attendant, je me retrouvais coincée au dernier rang, entre deux garçons qui se plaignaient : l'un, parce que La Nouvelle n'arrêtait pas de l'embrasser, et l'autre, parce qu'elle ne l'embrassait pas.

Ce qui donnait raison à Oncle Jay. « Il n'y a pas de justice en ce monde », disait-il.

Mais moi, j'étais en colère. Surtout à cause de ce qui venait de se passer dans les toilettes, juste avant de monter en salle de musique. J'étais en train de boire (les robinets de l'école sont un peu compliqués, il faut tout le temps appuyer sinon l'eau arrête de couler) quand j'ai entendu Cheyenne derrière moi :

— Ne te presse pas, surtout !

J'ai bien compris le message. Elle me reprochait de monopoliser le robinet, en gros. Derrière elle, Dominique et Marianne ont pouffé. Je me suis retournée en m'essuyant la bouche avec la main, et j'ai répondu à Cheyenne d'aller se faire voir.

— Attention ! a-t-elle répliqué. Tu baves !

Dominique et Marianne se sont encore esclaffées, comme quand Cheyenne avait dit : « Ne te presse pas, surtout. »

J'ai soutenu son regard, et en même temps, je repensais au tee-shirt qu'elle portait le jour de son arrivée. « Dites non à la bêtise. » D'accord, mais pour ça, il fallait peut-être commencer par savoir se taire, non ? Or Cheyenne parlait tout le temps. Elle se faisait sans cesse gronder par Mme Hunter parce qu'elle bavardait. Pas avec Erica, sa voisine. Non, elle s'adressait à Dominique, qui était assise derrière elle. Ou à Marianne, devant. Ou encore à Shamira, à l'autre bout de sa rangée. Et quand elle ne bavardait pas, elle envoyait des messages en papier.

Ce jour-là, elle portait un tee-shirt à manches longues avec plein de paillettes sur le devant qui formaient l'inscription : « Les filles au pouvoir ! » Ça oui ! Cheyenne aimait avoir le pouvoir. Un peu *trop* même, si vous me demandez mon avis.

— Ça y est ? Tu as fini ? a-t-elle ajouté.

Je me suis écartée, parce que je ne trouvais rien à répondre. Mais j'avais à peine atteint la porte que Cheyenne a lancé dans mon dos :

— Hé, Allie ! Pourquoi tu ne joues jamais aux bisous avec nous à la récré ?

Je me suis retournée, la main sur la poignée.

— Parce que c'est un jeu idiot. Quel intérêt de courir après un garçon, juste pour que tu puisses l'embrasser ? Surtout que les garçons de notre classe... excuse-moi, mais ils ne sont pas terribles !

Dominique et Marianne sont parties d'un fou rire, comme si elles n'avaient jamais rien entendu d'aussi drôle de toute leur vie. Cheyenne aussi a ri.

— Oh Allie ! Qu'est-ce que tu peux être immature !

En sortant des toilettes, je suis montée directement en salle de musique et je me suis assise à côté d'Erica, de Caroline et de Sophie. Je ne leur ai pas raconté ma conversation avec Cheyenne, mais je n'arrêtais pas d'y penser.

Moi, j'étais *immature* ! Alors qu'au contraire, je me trouvais plutôt mûre pour mon âge... Pas comme certaines filles qui pleurent dès qu'on ne fait pas ce qu'elles veulent. J'avais élevé toute seule (enfin presque) un chaton prématuré. J'étais bonne en orthographe, et la meilleure de la classe en maths et en sciences (après Caroline). Je m'occupais bien de mes frères (la plupart du temps) et aussi d'Oncle Jay, depuis qu'il avait quasiment emménagé chez nous. Tout ça, c'était des signes de maturité, non ?

En plus, ce n'est pas parce que Cheyenne venait d'une grande ville du Canada qu'elle savait tout ! Si on n'avait pas envie de passer la récré à courir après les garçons pour les embrasser, ça ne voulait pas dire qu'on était immature. À moins que... Si, peut-être ?

J'ai eu beau ressasser ces questions toute la journée, je ne parvenais toujours pas à une conclusion. Est-ce que Cheyenne avait raison ? Et qu'en fait, sans m'en rendre compte, j'étais vraiment immature ?

Quand la cloche a sonné à la fin de l'après-midi, j'étais folle d'inquiétude. Il fallait absolument que j'obtienne une réponse ! Aussi, à peine avait-on franchi le portail de l'école que j'ai interrogé Caroline, Sophie, Erica et Rosemary. (Normalement,

Rosemary prend le bus, mais là, elle venait chez moi pour refilmer Micha. La première vidéo était ratée.)

— Est-ce que vous me trouvez immature ? ai-je demandé.

— Non, a aussitôt répondu Caroline. Qui t'a dit ça ?

— Cheyenne.

— On s'en *fiche* de ce qu'elle pense ! a grommelé Rosemary.

Sophie s'est exclamée presque en même temps :

— Moi aussi, elle m'a dit que j'étais immature !

— *Quoi ?*

Je n'en croyais pas mes oreilles. Parce qu'au contraire, Sophie est quelqu'un de très mûr. Par exemple, elle pense toujours à prendre un petit sac à main pour transporter son argent et ses affaires quand on sort (elle en a quatre différents).

— Elle t'a dit ça quand ?

— L'autre jour. D'abord, elle m'a conseillé de déclarer mes sentiments au prince Peter, parce que après, il me demanderait si je veux sortir avec lui...

Rosemary a émis un bruit de gorge, comme si elle se retenait de vomir.

— Si tu veux sortir avec lui ? a demandé Erica, intriguée. Pour aller où ?

— C'est ce que j'ai répondu ! Et là, elle a ri et elle m'a traitée d'immature.

Caroline pressait ses lèvres l'une contre l'autre, de sorte qu'on ne voyait presque plus sa bouche. Quand elle a cette expression-là, c'est qu'elle est très, très en colère.

— Elle n'a pas le droit de nous donner des ordres, a-t-elle déclaré. Ce n'est pas elle qui commande !

— Dans la classe, si ! ai-je fait remarquer. Elle fait sa chef, et toutes les filles jouent à la chasse aux bisous maintenant !

— Sauf nous, a objecté Rosemary.

J'ai aussitôt rectifié :

— Oui, sauf nous.

— Il paraît que Cheyenne a invité plein de filles à dormir chez elle samedi soir, a annoncé Sophie. Elle organise un week-end « Remise en Forme ».

— Qu'est-ce que ça veut dire ? a demandé Erica.

— D'abord, elles ont toutes rendez-vous chez une esthéticienne l'après-midi, pour faire un soin des mains et des pieds. Ensuite, chez Cheyenne, il y aura un atelier coiffure, un atelier maquillage... Et elles vont aussi fabriquer des bombes de bain, boire de la tisane purifiante et regarder des films sur son home cinéma.

— Pourquoi on n'est pas invitées, nous ? s'est étonnée Erica.

— *Quoi ?* Tu as envie d'y aller ? a lancé Rosemary. Moi, si c'est pour boire de la tisane purifiante, berk ! Non, merci.

Caroline s'est demandé en fronçant les sourcils :

— Des bombes de bain ? Qu'est-ce que ça peut être ?

— Quand même, a continué Erica. Ce n'est pas très gentil d'inviter toutes les filles de la classe sauf nous. D'ailleurs, est-ce qu'elle a le droit de faire ça ?

— Si ce sont des bombes spéciales pour exploser les baignoires, a dit Rosemary, j'aimerais bien en avoir.

— Peut-être que Cheyenne a oublié de nous inviter, a repris Erica, qui ne perdait pas espoir. Ou alors, elle vient de poster ses invitations et on ne les a pas encore reçues.

— Erica... a soupiré Caroline au moment où on entrait chez moi en passant par le garage. Je ne pense pas qu'on soit invitées. À mon avis, on va devoir accepter que Cheyenne et sa bande nous trouvent immatures.

— Tant mieux ! a déclaré Rosemary. Moi, ça ne m'amuse pas du tout de me mettre du vernis aux ongles, ni de boire d'horribles tisanes ou de fabriquer des bombes pour les baignoires.

— Hou là ! s'est exclamé Oncle Jay qui sortait du salon à ce moment-là, une couverture sur les épaules. Qui va lancer une bombe dans une baignoire ?

— Personne, ai-je répondu. Enfin, je ne crois pas... Tu sais ce que c'est, toi, une bombe de bain ?

— Oui, c'est une sorte de boule effervescente qu'on met dans l'eau et qui dégage un parfum. En général, ça contient des huiles essentielles pour adoucir la peau. Harmony...

À ce moment-là, ses yeux se sont perdus dans le vague, comme chaque fois qu'il parlait de son ex-petite amie.

— ... Harmony en utilisait parfois.

Caroline, Sophie, Erica, Rosemary et moi, on s'est regardées d'un air coupable parce qu'on lui avait fait repenser à son chagrin d'amour.

— Qu'est-ce que qui se passe ici ? a tonné mon père sur le seuil de la salle à manger (c'est là qu'il trie ses papiers et paie les factures quand il est à la maison). C'est une émeute ou quoi ?

— Papa...

J'étais un peu gênée. Mais mes amies ont ri parce qu'elles le trouvaient drôle, avec ses lunettes sur le haut du crâne et ses cheveux tout hérissés.

— On vient juste voir Micha, monsieur Punchie, a dit Rosemary.

— Ah, vous me rassurez ! Allez vite manger quelque chose. Allie, je crois que ta mère a prévu un goûter.

Il n'a pas eu besoin de le répéter. (« À croire que la cuisine était dévastée par une tornade », a-t-il raconté ensuite, mais il exagère. Cela dit, on a quand même fini tous les crackers et le beurre de cacahuètes que ma mère avait préparés sur la table.)

Après, on est montées dans ma chambre pour que Rosemary puisse filmer Micha. Comme il est encore très jeune et qu'il commence à peine à se repérer dans notre énorme maison, il n'a pas le droit de sortir de ma chambre quand je ne suis pas là. Et surtout, il ne faut pas le laisser s'échapper dehors, dans la rue, parce que c'est l'hiver et qu'il mourrait de froid s'il se perdait.

Tout en jouant avec Micha, on a reparlé de Cheyenne et de sa fête à laquelle elle ne nous avait pas invitées. Erica répétait que les invitations allaient arriver, mais elle était la seule à y croire.

— C'est juste parce qu'on ne veut pas jouer à son jeu idiot ! a déclaré Sophie.

Elle était en train de passer la brosse rose à paillettes de Micha dans ses longs poils gris et noirs (Micha est tout gris et noir, sauf ses pattes, qui sont blanches). Il aime bien qu'on s'occupe de son pelage et en général, il se laisse faire. Mais parfois, comme là avec Erica, il croit qu'on veut jouer et il essaie de manger la brosse. Caroline a relevé les yeux du livre qu'elle était en train de lire et a demandé :

— Tu veux dire que si on était assez *bêtes* pour courir après les garçons dans la cour, elle nous aurait invitées aussi ?

— Exactement, a acquiescé Sophie. Aïe ! (Ça, c'était parce que Micha l'avait mordue.)

— Je ne vois vraiment pas ce qu'elle a d'intéressant, sa fête ! a marmonné Rosemary, qui maintenait son portable braqué sur Micha en train de mordiller la main de Sophie. Vous avez envie de vous mettre du vernis sur les ongles et de vous coiffer pendant des heures, vous ? Si c'est juste pour aller à une soirée pyjama, on n'a qu'à en faire une nous-mêmes.

Caroline, Sophie, et moi, on s'est regardées. Même Erica s'est arrêtée d'arranger les peluches sur le bord de ma fenêtre.

— Ça, c'est une bonne idée ! ai-je dit.

Règle n° 7

Si quelqu'un ne vous invite pas à sa fête, organisez une fête vous aussi (mieux que la sienne) et ne l'invitez pas

La chasse aux bisous n'a pas duré très longtemps, en fait. Parce que la veille de la soirée pyjama de Cheyenne, Mme Hunter et d'autres maîtresses ont fini par comprendre en quoi constituait le jeu et ont décidé de l'interdire. À moins que la mère de quelqu'un ait appelé pour se plaindre. C'est possible.

En tout cas, tout ce que je sais, c'est que ce vendredi-là, juste avant la récréation du matin, Mme Hunter s'est assise sur le tabouret où d'habitude elle nous lit un passage des livres qu'on étudie en classe (pas mes préférés, évidemment, mais je les aime bien quand même), et elle a dit :

— J'ai appris que certains d'entre vous avaient inventé un nouveau jeu pendant la récréation. Une histoire de bisous, paraît-il... Les filles poursuivent les garçons pour les embrasser, ou les garçons poursuivent les filles, je ne sais pas, et d'ailleurs, je ne *veux pas* savoir ! Je vous demande d'arrêter ce jeu immédiatement. Attention, je ne le redirai pas... Alors si j'en surprends parmi vous qui continuent à y jouer, ils seront privés de récréation toute la semaine prochaine. Est-ce clair ?

Le silence est tombé dans la classe. Personne ne bougeait... Sauf Rosemary et moi. On a basculé nos chaises en arrière afin de pouvoir se regarder derrière Stuart Maxwell et Joey Fields, et on s'est fait un grand sourire.

Pour la plupart des filles, c'était une terrible déception. Surtout pour Marianne, apparemment, qui semblait sur le point de se mettre à pleurer.

Mais Rosemary, elle, avait de quoi se réjouir. Parce que ses matchs de foot ne seraient plus interrompus par des filles qui couraient partout en hurlant. Et moi aussi, j'étais contente. Je ne serais plus obligée d'écouter Joey Fields se plaindre de ne jamais être poursuivi !

Rosemary a levé le pouce derrière Stuart Maxwell en signe de triomphe. J'ai levé mon pouce à mon tour. En fait, j'étais *super* contente. J'aurais bien voulu savoir quelle mère avait appelé. Comme ça, j'aurais pu remercier son fils ! Même si c'était la mère de Patrick Day. Bon, la mère de Joey Fields aussi, tant qu'à faire. Justement, Joey me paraissait tout triste. Il avait presque les larmes aux yeux.

— Mais... mais... a-t-il bredouillé. Vous n'allez plus y jouer, alors ?

— Nous, on n'y a *jamais* joué, ai-je répondu en désignant Rosemary et moi. C'est *elle* qui voulait jouer.

Et j'ai montré Cheyenne du doigt. La tête qu'elle faisait ! Elle était furieuse que Mme Hunter interdise son jeu pendant la récréation. À quoi allait-elle donc jouer, maintenant ? Oh pardon, j'oubliais. À rien. Parce que Cheyenne ne *joue pas* pendant la récré. Elle est trop mûre pour ça. Joey ne s'en remettait pas. Lui qui s'était acheté du gel exprès pour ses cheveux et tout...

— Mais... Alors, je ne serai jamais poursuivi ?

Je n'ai pas pu m'empêcher de lever les yeux au ciel. Ah, les garçons ! Vraiment !

— Non, Joey. Tu ne seras pas poursuivi.

— Si tu veux, moi, je peux te poursuivre, a proposé Rosemary. Je te jetterai par terre et je te mettrai plein de neige dans le cou.

Joey a cligné des yeux, tout désorienté.

— Non, a-t-il fini par répondre. Merci, c'est pas la peine.

À la récréation, Cheyenne et les autres filles de C.M.1 qui n'avaient plus le droit de jouer à leur jeu préféré se sont regroupées près des balançoires. Elles discutaient probablement de ce qu'elles allaient faire pour s'amuser, maintenant que Cheyenne ne pouvait plus distribuer ses microbes dégoûtants à tout le monde.

Et si elles trouvaient une idée encore pire ? Connaissant Cheyenne, ce ne serait pas étonnant... J'ai donc proposé qu'on envoie quelqu'un pour les espionner, et j'ai suggéré Sophie. D'abord, parce que c'est la plus jolie, mais aussi parce qu'elle joue très bien la comédie. Elle pourrait donc donner l'impression d'être dans leur camp. Sophie a battu des cils d'un air effrayé.

— Moi ? Au secours...

— Non, on ne les espionne pas, a décrété Caroline. Parce que si elles s'en aperçoivent, elles croiront qu'on s'intéresse à elles, alors qu'on s'en fiche.

— Je ne m'en fiche pas, moi, a murmuré Erica.

Rosemary a éclaté de rire.

— Moi si ! Complètement ! Bon, je vais jouer au foot...

Et elle est partie en courant vers le terrain où les équipes se mettaient en place.

— Elles doivent penser que c'est nous qui les avons dénoncées, ai-je dit en jetant un coup d'œil du côté des balançoires. J'en suis même sûre, parce qu'elles n'arrêtent pas de nous regarder.

Quand quelqu'un vous regarde et qu'en même temps il discute avec d'autres, c'est qu'il parle de vous. C'est une règle.

— On n'a qu'à les ignorer, a déclaré Caroline. Allez, venez. On va dans notre endroit secret.

— Ce n'est plus vraiment un secret, a fait remarquer Sophie pendant qu'on se dirigeait vers les buissons, en tournant résolument le dos à Cheyenne et à ses amies.

— Attention... a soufflé Erica.

Mais Caroline ne l'écoutait pas.

— Au fait, Allie... a-t-elle demandé. Ça marche, pour demain soir ?

— Pas de problème !

On avait décidé qu'on dormirait toutes chez moi, vu que j'avais eu un jeu de danse, et on avait surnommé notre soirée pyjama « Le Grand Marathon ». L'idée, c'était de danser jusqu'à ce que nos jambes nous lâchent ! Ce qui serait possible parce que mes parents allaient à une soirée à l'université. Ils rentreraient bien après minuit, et pendant ce temps-là, Oncle Jay nous garderait. Inutile de préciser que mon Oncle Jay est le meilleur babysitter du monde !

— Attention... a répété Erica. Ne vous retournez pas. Je crois qu'on est suivies.

Évidemment, on s'est aussitôt retournées. Erica avait raison. Cheyenne (en tête), Marianne, Dominique, Shamira, Rosie, et même Elizabeth qui était tellement timide, plus des C.M.1 de la classe de Mme Danielson, venaient droit vers nous. Et leurs visages n'étaient pas exactement souriants (je vous laisse imaginer).

— Je vous ai dit de ne pas vous retourner, a chuchoté Erica.

On était presque arrivées aux buissons, mais le problème, c'est qu'on ne pouvait pas se mettre à quatre pattes et entrer dans notre château. Pas avec les filles qui nous regardaient. Parce que alors, elles connaîtraient toutes notre cachette.

— Hé ! a lancé Cheyenne d'une voix menaçante.

Caroline s'est retournée et a fait semblant de ne pas comprendre à qui Cheyenne s'adressait.

— C'est à nous que tu parles ? a-t-elle demandé.

J'ai compris qu'elle essayait de gagner du temps. C'était malin de sa part, parce que, avec un peu de chance, la cloche allait bientôt sonner.

— Oui ! a répondu Cheyenne.

Elle était habillée super chic ce matin. En plus de ses bottes à fermeture Éclair et talons, elle portait des collants rayés blanc et marron, une minijupe

en velours côtelé, un anorak bleu ciel et un cache-oreilles en fourrure.

Ce que je trouvais parfaitement révoltant. Tout le monde sait que c'est mal de tuer les animaux pour prendre leur fourrure. D'accord, on tue aussi les vaches et on fabrique des objets en cuir avec leur peau. Mais les vaches, au moins, on les mange.

— Qui a raconté à la maîtresse qu'on jouait à la chasse aux bisous ? a demandé Cheyenne. On *sait* que c'est vous. Alors, avouez-le !

Dominique, Marianne, et quelques autres filles ont renchéri :

— Oui, avouez-le !

Erica, Caroline, Sophie et moi, on s'est regardées. *Nous ?* On n'avait rien dit du tout.

— N'importe quoi, a calmement répliqué Caroline. On s'en fiche complètement, de votre jeu !

— Oui, c'est vrai ! a dit Sophie.

Pour la soutenir, j'ai lancé aussi :

— Oui, c'est vrai !

Erica, elle, avait trop peur pour parler.

— Menteuses ! a rétorqué Cheyenne. Nous, on a rien dit. Et les garçons non plus ! Parce qu'ils aiment bien y jouer. Alors, c'est *forcément* vous.

J'ai pris mon courage à deux mains pour répondre :

— Non, Cheyenne. Ton jeu ne plaît pas aux garçons. Sinon, pourquoi ils s'enfuiraient ?

— Oui, hein ? a dit Sophie.

Sauf que Cheyenne ne baissait pas les bras aussi facilement.

— Vous êtes vraiment des bébés ! a-t-elle soupiré. Ils s'enfuient parce que c'est le jeu ! Mais quand je les embrasse, évidemment que ça leur plaît. C'est des garçons, non ? *Tous* les garçons ont envie d'être embrassés par les filles.

J'ai continué à lui tenir tête :

— Non, ils sont dégoûtés ! Surtout par l'odeur de ton gloss à la fraise. Ils trouvent que ça sent mauvais !

Juste derrière Cheyenne, Dominique a pouffé. Cheyenne s'est retournée et l'a fusillée du regard. Du coup, Dominique a tout de suite arrêté de rire.

— Comment tu le sais ? a demandé Cheyenne.

— C'est Stuart Maxwell qui me l'a dit.

— Menteuse !

— Non, je ne mens pas. Je te signale que je suis assise à côté de lui, au dernier rang ! Alors si quelqu'un a prévenu la maîtresse, c'est sûrement la mère de Stuart. Parce qu'il lui a raconté !

— Oui, c'est vrai ! a dit Caroline en plissant les yeux d'un air menaçant.

Sophie a confirmé :

— Oui, c'est vrai !

Et Erica a même osé ajouter :

— Oui...

Cheyenne a fait un geste de la main pour nous chasser comme si on était des mouches.

— De toute façon, je m'en fiche ! Je ne vous invite pas à ma fête parce que vous êtes vraiment trop bébés !

Là-dessus, elle s'est retournée, et les autres filles aussi. Mais j'ai quand même mis les deux poings sur les hanches et j'ai crié :

— Moi non plus, figure-toi, je ne t'invite pas à ma fête ! En plus, nous, on va vraiment s'amuser ! Et pas en se mettant du vernis sur les ongles de pieds, je peux te dire !

— Ah bon ? a dit Cheyenne en me jetant un regard par-dessus son épaule. Vous allez faire quoi ?

En même temps, elle n'avait pas l'air particulièrement intéressée. Elle la jouait plutôt, genre : « Je m'ennuie et je me retiens de bâiller. »

— On va jouer à la console ! ai-je claironné. Et danser toute la nuit !

Cheyenne s'est esclaffée.

— *Quoi ?* Vous jouez encore à *ça* ?

Son rire était tellement glaçant qu'il m'a fait penser aux stalactites du préau. M. Elkhart les casse avec un manche à balai pour éviter qu'elles ne tombent sur nos têtes pendant la récréation, parce qu'elles pourraient nous transpercer le cerveau et nous tuer sur le coup.

— Au Canada, on n'y joue plus depuis longtemps ! Tout le monde est passé aux jeux de air guitar, maintenant. Je parie que tu ne connais *même pas* !

Je l'ai dévisagée sans rien dire. C'est vrai, je ne connaissais pas. Je n'avais même jamais entendu parler de ce genre de jeu... Enfin, si, peut-être. Mais j'avais oublié de le mettre sur ma liste de Noël pour Grand-mère.

— J'en étais sûre ! s'est exclamée Cheyenne, toujours avec son rire glaçant.

Les autres filles ont ri aussi, puis elles sont parties. Mais elles continuaient à glousser et j'ai entendu la voix de Cheyenne :

— La fête d'Allie va être nulle ! Mais alors, *vraiment* nulle !

— Ne t'inquiète pas, Allie, a dit aussitôt Erica en posant une main rassurante sur mon épaule. Ta fête ne sera pas nulle du tout. Ça va être génial !

— Oui, a confirmé Sophie, qui bouillait de colère. Elle raconte n'importe quoi ! D'abord, personne ne connaît le air guitar ! C'est sûrement un jeu idiot qui vient du Canada !

— Moi, je connais, a avoué Erica. Mon frère y joue chez son copain, mais ma mère dit qu'elle n'en veut pas à la maison ! Elle trouve que John fait assez de boucan comme ça avec sa nouvelle batterie.

C'est vrai que de chez moi, j'entendais les roulements de tambour. Pourtant, le père d'Erica avait insonorisé le sous-sol où était installée la batterie, mais le bruit passait quand même.

— Et alors ? s'est exclamée Caroline, en colère elle aussi. On s'en fiche de savoir ce qui est cool au Canada ! Moi, je préfère le jeu d'Allie. Je suis super impatiente de jouer à son jeu de danse !

— Moi aussi, a renchéri Sophie. Sauf que j'aurais moins peur de me faire mal au pied avec le air guitar, vu que ce n'est pas un jeu de danse.

En voyant le coup d'œil menaçant que lui lançait Caroline, elle s'est rattrapée aussitôt :

— Je suis sûre que la fête d'Allie va être cent fois mieux que celle de Cheyenne ! Et vous savez quoi ? Il paraît qu'on peut attraper des infections chez l'esthéticienne du centre commercial où elles ont rendez-vous. C'est ma mère qui me l'a dit ! Parce que les instruments ne sont pas bien stérilisés, alors si un microbe se met sous tes ongles, tu risques d'avoir un virus très grave, et après, si les antibiotiques ne sont pas efficaces, on est obligé de te couper le bras ou la jambe. J'espère que ça lui arrivera, à Cheyenne !

Je voyais bien qu'elles essayaient de me remonter le moral et je trouvais ça très gentil de leur part, mais j'étais triste quand même.

— De toute façon, ai-je soupiré, je sais que ma fête ne sera pas aussi bien que celle de Cheyenne.

— *Mais si !* se sont écriées Caroline, Erica et Sophie d'une seule voix.

Au fond de moi, je ne les croyais pas. Même si Mme Hunter avait interdit le jeu des bisous, Cheyenne était quand même la plus forte. Sa soirée pyjama serait plus amusante que la mienne, et je n'y pouvais rien.

À cause de ça, j'ai broyé du noir toute la journée. J'étais tellement déprimée que l'après-midi, en rentrant à la maison, je suis allée rejoindre Oncle Jay sur le canapé. Il n'avait pas bougé de là depuis une semaine, sauf pour aller à ses cours, à la salle de bains, et à la pizzeria.

— Salut, toi, a-t-il dit en baissant le son de la télé.

Il regardait des clips vidéo. Ma mère lui avait demandé de ne pas mettre cette chaîne quand on était à la maison (nous, les enfants), mais comme elle n'était pas encore rentrée du travail, il en profitait.

— Pourquoi tu fais cette tête-là ?

J'ai poussé un gros soupir.

— Il y a une fille à l'école… Elle a dit à tout le monde que sa fête sera mieux que la mienne. Et elle me traite de bébé, parce que je n'ai pas de bottes à talons et que je ne joue pas à embrasser les garçons à la récré !

— Comment ça ? Quelle fête ? Ta soirée pyjama, demain soir ? Celle que je vais surveiller parce que tes parents sortent ?

— Oui.

— Et tu crois qu'avec moi, vous n'allez pas vous amuser ? *Moi ?* Oncle Jay ? Tu ne me fais plus confiance ou quoi ?

Je l'ai dévisagé sans répondre. Son bouc était devenu une vraie barbe maintenant, et il y avait encore des miettes dedans.

— Hum... ai-je fait pour m'éclaircir la gorge. (Pour gagner du temps, aussi, car je réfléchissais à ce que j'allais répondre.)

Bien sûr, on peut rompre avec son petit ami si on n'a plus confiance en lui. Mais on ne peut pas rompre avec les membres de sa famille. À la rigueur, on peut arrêter de leur parler, comme ma mère avec Oncle Jay, ou avec mon père d'ailleurs. Elle lui reproche de laisser son frère dormir sur le canapé (sauf la nuit, où il va dans la chambre d'amis) alors qu'il loue un appartement tout à fait confortable sur le campus.

Mais ils feront toujours partie de votre famille.

— Si, je te fais confiance, ai-je dit.

— Ah ! Quand même !

Oncle Jay a levé la main et on a checké.

— Tu vas voir ! Ta soirée pyjama va être super géniale !

En vérité, je n'y croyais pas trop. Mais *Ce n'est pas poli de ne pas checker avec quelqu'un qui vous le propose.*

C'est une règle.

Règle n° 8

Si on est amoureuse d'un garçon en secret, la pire chose qui puisse arriver, c'est qu'il le sache. Parce que ce n'est plus un secret

Le samedi soir, on a commencé à jouer à danser dès que la porte de la maison s'est refermée sur mes parents.

Au bout d'une demi-heure, Oncle Jay a annoncé qu'il était temps de faire une pause et il nous a apporté un saladier plein de soupe au chocolat, avec cinq cuillères. La soupe au chocolat, c'est la spécialité d'Oncle Jay. Pour résumer, c'est comme un gâteau au chocolat, sauf qu'on chauffe juste un peu la pâte au micro-ondes au lieu de la cuire.

Ce qui est sûr, c'est qu'elles ne devaient pas manger de soupe au chocolat chez Cheyenne. J'aurais parié aussi qu'elles ne s'amusaient pas autant que nous, surtout quand on a fait du surf dans l'escalier sur le matelas de Kevin. C'était l'idée d'Oncle Jay, mais avant qu'on commence à descendre une par une, il nous a obligées à mettre le casque à vélo de Mark, plus mes protections de roller.

Toujours pour des raisons de sécurité – Oncle Jay nous a expliqué qu'il était *très* pointilleux –, on avait entassé les coussins du canapé contre la dernière marche, histoire de ne pas se faire mal à l'atterrissage.

Une fois assise sur la « planche de surf », il fallait s'agripper sur les côtés. Oncle Jay poussait de toutes ses forces le matelas pour qu'il prenne le maximum de vitesse, et quand il le lâchait, il criait : « Attention, voilà la vague ! »

On hurlait tellement fort (sans compter les aboiements surexcités de Marvin) que Mark et Kevin sont sortis de la chambre de mes parents. Pourtant, ils avaient promis de ne pas bouger et de regarder leurs DVD. Je vous jure, c'est vraiment horrible d'avoir des petits frères ! Je suis la seule à porter un tel fardeau, alors que toutes mes amies ont des grands frères ou des grandes sœurs qui ne s'intéressent *absolument pas* à ce qu'elles font. *Les grands frères et les grandes sœurs, c'est mieux que les petits frères, parce qu'ils sont déjà passés par là et qu'ils peuvent vous guider dans la vie* (c'est une règle).

Erica m'assure que non. D'après elle, les grands frères et les grandes sœurs, c'est pire, parce qu'ils vous donnent tout le temps des ordres. Elle se plaint aussi à cause des maîtresses qui lui demandent chaque fois : « Harrington ? Tu n'as pas un frère/une sœur qui s'appelle John/Missy ? » Et elles la regardent d'un air de dire : « Alors, je sais à quoi m'attendre avec toi », même si Erica n'a pas du tout le même caractère que son frère ou sa sœur. Caroline, Sophie et Rosemary trouvent que l'avantage, avec les petits frères, c'est qu'on peut les commander. *Ça*, c'est vrai.

Mais ma soirée pyjama alors ? J'avais interdit à Mark et à Kevin de sortir de la chambre de mes parents, je leur avais même choisi des super films, et voilà qu'ils déboulaient dans l'escalier en geignant « à moi, à moi ! » pour surfer eux aussi sur le matelas. Ce n'était pas juste !

Bon, je dois admettre qu'en fin de compte, c'était quand même sympa parce que Mark a proposé d'être « agent de sécurité ». Il vérifiait que les protections étaient bien attachées et il remettait les coussins en place après chaque descente. En vrai, s'il n'avait pas été là, Sophie se serait peut-être cassé un autre orteil, ou quelque chose de plus grave encore.

Quand on en a eu assez du surf (parce que tout le monde avait mal au ventre à force de rire), Kevin a suggéré de fouiller dans le placard de ma mère pour organiser un défilé de mode. C'était une super idée, et on a toutes posé comme de vrais mannequins devant Rosemary qui faisait le photographe de mode et nous mitraillait avec son portable.

À la fin, Mark nous a aidées à remettre les affaires à leur place pour que ma mère ne s'aperçoive de rien. Je ne pensais pas que mon frère pliait aussi bien les vêtements. C'est vrai, quoi.

Oncle Jay nous a ensuite proposé un autre jeu. Je dois dire qu'il ne manquait pas d'imagination. Cette fois, il nous a emmenées chercher des lampes frontales à la cave (celles qu'on a achetées l'été dernier pour partir en camping), puis il a éteint toutes les lumières et on a joué à cache-cache.

Qu'est-ce qu'on a ri ! Surtout que notre vieille maison est immense et pleine de recoins. On essayait de se faire peur (le mieux, pour ça, c'était d'éteindre sa lampe frontale), et Sophie avait tellement la frousse qu'elle ne m'a pas lâchée d'une semelle. Mais vu qu'en même temps, elle savait aussi être très silencieuse, Rosemary a failli avoir une crise cardiaque quand on lui a sauté dessus dans le noir !

Ça, c'était le plus drôle de tout !

Au bout d'un moment, Oncle Jay a rallumé les lumières. Caroline a dit qu'elle avait faim, mais elle ne voulait plus de soupe au chocolat. C'est là qu'Erica a vu une préparation pour gâteau dans le placard et elle a proposé qu'on en fasse un. Oncle Jay a annoncé que puisqu'on s'occupait du dessert, il commanderait une pizza.

On a donc fait un beau gâteau marbré, et sur le dessus, on a étalé un glaçage en sachet qu'on a pris aussi dans le placard. Après, on l'a décoré avec de minuscules fleurs en sucre de toutes les couleurs qu'on a trouvées dans une boîte où ma mère avait écrit *À garder pour Pâques* (mais j'étais sûre qu'elle ne nous gronderait pas et qu'elle pourrait en acheter d'autres), et avec des pépites d'or que Kevin était allé chercher dans son trésor de pirates (j'ai juste rappelé à tout le monde que ça ne se mangeait pas).

Notre gâteau avait l'air tellement bon qu'au lieu de le goûter tout de suite, on a décidé de le montrer à mes parents quand ils rentreraient. Oncle Jay nous a ensuite obligées à ranger la cuisine en expliquant que ce ne serait pas une bonne surprise si on laissait du désordre. (Heureusement, il n'a pas remarqué les traces de glaçage sous la table.)

Pour une surprise, c'en était une ! Mes parents n'en revenaient pas, mais je ne sais pas par quoi ils étaient le plus étonnés. Parce qu'on avait fait

un gâteau ? Ou parce qu'on s'était attaché des torchons autour de la taille en guise de tabliers et qu'on jouait à être des serveuses dans un restaurant, en disant : « Bonjour, monsieur », « Bonjour, madame » et « Asseyez-vous, s'il vous plaît » ? Ou parce que Mark et Kevin étaient encore debout ? Ou encore parce que Oncle Jay s'était enfin levé du canapé ?

En tout cas, ils ont pris chacun un morceau de gâteau et l'ont trouvé délicieux. Sauf qu'on a oublié de les prévenir de ne pas manger les pépites d'or. Mais ils s'en sont aperçus très vite, croyez-moi !

C'est vrai qu'il était *délicieux*, notre gâteau ! Nous, on s'est servi des parts énormes, et Caroline a même fini ce qui restait (elle adore tellement les sucreries que parfois, elle en mange trop, et après elle est obligée d'appeler son père et de rentrer chez elle pour prendre un médicament contre le mal de ventre. Mais pas cette fois, parce que mes frères étaient là et qu'ils se sont goinfrés eux aussi en ne laissant que des miettes).

Ensuite, on est toutes montées se coucher dans ma chambre, mais on a continué à parler longtemps après avoir éteint la lumière. Micha sautait partout. On avait beau le remettre chaque fois dans son lit à baldaquin rose, il refusait d'y rester ! Et puis j'ai aussi raconté des histoires de fantômes et de monstres avec des mains arrachées.

Bref, c'était une *super* soirée pyjama !

Vraiment, je ne voyais pas comment Cheyenne pouvait battre ça. Bon, d'accord, ses invitées repartiraient avec les bombes de bain qu'elles avaient fabriquées.

Mais moi, mes amies emporteraient une tonne de souvenirs : la soupe au chocolat, le surf dans l'escalier, le défilé de mode, la partie de cache-cache avec des lampes frontales, le gâteau et le glaçage. À côté de ça, franchement, les bombes de bain ne faisaient pas le poids !

Et j'avais raison. Quand on est arrivées à l'école le lundi matin, les filles qui étaient allées chez Cheyenne formaient un groupe à part dans un coin de la cour et discutaient à voix basse.

— Je parie qu'elles se racontent comment elles se sont ennuyées ! a lâché Erica avec mépris.

— En tout cas, elles n'ont *sûrement* pas mangé un gâteau aussi délicieux que celui d'Allie ! a renchéri Caroline.

J'étais toute fière. Mais j'ai quand même rectifié, par modestie :

— C'est *nous* qui l'avons fait ensemble.

En plus, c'était vrai.

— Moi, je vais vous dire de quoi elles parlent ! a relancé Erica. Du virus qu'elles ont attrapé chez l'esthéticienne. Berk !

Quelle horreur ! C'était même tellement dégoûtant qu'on s'est mises à rire. Mais on a retrouvé notre sérieux quand Rosemary est passée à côté de nous en courant derrière son ballon et en criant :

— Hé ! Vous savez quoi ?

— Non. Quoi ? ai-je répondu.

Rosemary a ramassé son ballon et est revenue vers nous, tout essoufflée.

— Il paraît qu'elles ont fait des blagues au téléphone, chez Cheyenne. Et devinez qui elles ont appelé ?

Sophie, Caroline, Erica et moi, on s'est consultées du regard.

— Mme Hunter ? ai-je suggéré.

C'est ce que j'espérais, en tout cas. Et aussi, que Cheyenne se ferait prendre. Mme Hunter avertirait la police, et la police arrêterait Cheyenne et elle ne remettrait *jamais* les pieds à l'école !

— Non, a dit Rosemary. Elles ont appelé Patrick Day ! Cheyenne lui a demandé s'il voulait sortir avec elle, et il a dit oui. Alors maintenant, ils sortent ensemble. Pour de vrai !

On s'est regardées encore une fois toutes les quatre.

— Ils sortent ensemble ? a demandé Erica. C'est-à-dire ? Ils font quoi exactement ?

Rosemary a haussé les épaules.

— Je n'en sais rien, moi ! Je voulais juste vous prévenir... Bon, j'y retourne. À tout à l'heure.

Et elle a filé vers le terrain de foot.

Caroline, Sophie, Erica et moi, on est restées là sans comprendre. Au bout d'un moment, on a cherché Cheyenne des yeux et on l'a aperçue près des balançoires. Elle était en train de raconter quelque chose à Dominique, Marianne et quelques autres filles en faisant de grands gestes. Bon. Je ne voyais pas trop ce qui avait changé, depuis qu'elle « sortait ».

Et Patrick, où était-il ? On l'a vite repéré, sur le terrain de foot. Il jouait avec Rosemary, le prince Peter et une bande de garçons, parmi lesquels mon frère Mark. Patrick aussi semblait identique au garçon qu'il était le vendredi, avant de sortir avec Cheyenne.

— C'est bizarre, a déclaré Caroline en rompant le silence.

Sophie a enchaîné :

— Qu'est-ce que c'est que cette histoire ?

— Je n'ai jamais entendu parler de C.M.1 qui sortent ensemble, a dit Erica. Même mon frère qui est en quatrième, il ne sort avec personne.

— Mon Oncle Jay non plus. Et lui, il est étudiant.

Je me suis aussitôt corrigée :

— Enfin, il ne sort *plus*.

— Mais ça ne peut pas être la même chose ! a fait remarquer Caroline. Ton Oncle Jay et Harmony sont des grandes personnes. Je veux dire, ils s'embrassent et tout.

Moi non plus, je ne comprenais pas très bien ce qui se passait.

— Pourquoi est-ce que Cheyenne voudrait embrasser Patrick ? me suis-je demandé à voix haute. En plus, il n'arrête pas de se mettre les doigts dans le nez !

— Berk ! ont fait Sophie, Caroline et Erica en même temps.

— Merci, Allie ! a ajouté Erica. Maintenant, on a toutes les trois envie de vomir.

— Je n'y peux rien, ai-je rétorqué. Je vous signale que je suis assise à côté de lui au dernier rang, alors je le vois tout le temps !

— Tu devrais peut-être le dire à Cheyenne, a suggéré Caroline.

— Non ! s'est écriée Erica. Ce ne serait pas gentil ! Je suis sûre qu'il ne le fait pas exprès !

— Ah bon ? a ironisé Sophie. On peut se mettre les doigts dans le nez *sans faire exprès* ?

Erica se trouvait un peu à court d'arguments, mais elle a quand même maintenu :

— Vous exagérez. Il n'est pas si terrible que ça...

— Erica ! a lancé Caroline. Tu ne te rappelles pas, en C.E.1, quand il...

— Salut !

On s'est tues immédiatement. En se retournant, on a découvert que Cheyenne était juste derrière nous, avec Dominique et Marianne. Ces deux-là ne la quittaient pas d'une semelle ! Elle avait les bras croisés et nous regardait avec un petit sourire en coin.

— Alors ? a-t-elle demandé. Il paraît que vous aussi, vous avez fait une fête samedi ?

— Oui ! ai-je répondu bravement. Et on s'est bien marrées ! On a joué à la console, on a surfé dans l'escalier, on a mangé de la soupe au chocolat, on a fait un gâteau, on a joué à cache-cache avec des lampes frontales et on s'est raconté des histoires de fantômes et...

J'avais débité tout ça d'une traite, mais au moment où je reprenais mon souffle, Cheyenne s'est mise à rire. Vraiment ! Elle a même renversé la tête en arrière pour montrer qu'elle riait à gorge déployée (c'est une expression que j'ai retenue dans un livre).

— C'est incroyable ce que vous pouvez être bébés ! s'est-elle exclamée. Ça, c'est ce qu'on faisait en C.E.2 ! Pas vrai, les filles ? a-t-elle ajouté en se tournant vers ses deux adoratrices.

Marianne et Dominique ont acquiescé en pouffant. Je ne les connaissais pas en C.E.2, vu que j'étais dans une autre école, mais je pouvais quand même affirmer qu'elles n'avaient jamais mangé de soupe au chocolat. Parce que c'est une invention de mon Oncle Jay. Il n'y a que lui pour avoir une idée pareille ! J'en ai donc déduit qu'elles mentaient. Et Cheyenne aussi.

— Mais bref... a continué Cheyenne avant que j'aie le temps de la traiter de menteuse. Je n'ai pas envie de parler de ça. Je voulais juste savoir si vous étiez au courant.

— Pour toi et Patrick Day ? a répondu Caroline. Oui, on sait. Toutes nos condoléances !

Cheyenne a beau se vanter d'être très mûre, à mon avis elle ne connaissait pas le mot « condoléances ». Parce qu'elle n'était pas championne d'orthographe commc Caroline (qui est deuxième de tout le département). J'en ai eu la confirmation quand elle a répondu :

— Merci.

N'importe quoi ! Elle ne savait même pas ce que ça voulait dire !

— Il m'aime vraiment *beaucoup*, a-t-elle repris. J'étais sûre qu'un jour ou l'autre, on sortirait ensemble.

Erica n'a pas pu s'empêcher de poser la question :

— Mais vous faites quoi ?

Cheyenne l'a dévisagée, un peu étonnée, puis elle a éclaté de rire. Derrière elle, Marianne et Dominique ont gloussé aussi.

— Ben rien ! Enfin, Erica ! Sortir avec un garçon, c'est juste une expression pour dire qu'on est ensemble.

— Ah bon ?

Erica nous a regardées d'un air perplexe. Je ne me prononcerai pas pour Sophie ou Caroline, mais moi non plus, je n'y comprenais pas grand-chose.

— Si Patrick et moi, on est ensemble, il ne peut pas sortir avec quelqu'un d'autre tant qu'il est avec moi.

À nouveau, Erica nous a jeté un coup d'œil, qui cette fois signifiait clairement : « Avec qui d'autre Patrick pourrait-il sortir ? »

Et là encore, aucune d'entre nous n'avait de réponse.

— Bref, tout ça pour dire... a repris Cheyenne sur un ton désinvolte. Sophie, je sais que tu aimes bien Peter Jacobs. Il est vraiment mignon... Alors fais attention, si tu ne veux pas qu'une autre fille te le prenne. Je te conseille de lui demander de sortir avec toi, et vite !

Je me suis aussitôt tournée vers Sophie et je l'ai vue pâlir d'un coup. C'était impressionnant ! Elle avait pourtant les joues roses à cause du froid, mais en une seconde, elle est devenue blanche comme un linge. On aurait dit que tout le sang s'était retiré de son visage !

— Mais... a-t-elle répondu d'une petite voix. Je n'ai pas envie de sortir avec Peter.

— Qu'est-ce que tu racontes ? s'est exclamée Cheyenne. Tu es obligée ! Va le voir et demande-lui, ce n'est pas difficile. C'est comme ça que j'ai fait avec Patrick... Enfin, je lui ai demandé au téléphone, mais c'est pareil.

— Je... je...

Sophie n'aurait pas été plus abattue si on venait de lui apprendre qu'elle avait attrapé le terrible virus chez l'esthéticienne.

— Je n'ai *pas envie*, a-t-elle répété.

— Tu n'as pas le choix, a répliqué Cheyenne.

Caroline s'est avancée d'un pas pour s'interposer.

— Et pourquoi c'est toi qui lui dirais ce qu'elle doit faire ? Tu n'as pas d'ordres à lui donner !

Cheyenne a lancé un regard excédé à Caroline.

— Eh bien si, justement ! Parce que si elle ne lui demande pas de sortir avec elle, j'irai raconter à Peter qu'elle l'aime.

Sophie a poussé un petit cri effrayé. Là, ce n'était pas seulement le virus qu'on lui annonçait, mais l'amputation immédiate ! Pour le coup, même Caroline a eu l'air troublé.

— Sophie, je ne comprends pas ! Pourquoi ça t'embête si Cheyenne lui dit que tu l'aimes ? Tu n'as qu'à lui demander de sortir avec toi, comme ça, il le saura !

— Pas du tout, a répondu Cheyenne en s'adressant à Sophie avec condescendance. Il saura seulement que tu veux *sortir* avec lui. Mais si tu ne lui demandes pas et que moi, je lui dis que tu *l'aimes*, là, il le saura.

Qu'est-ce que c'était compliqué ! Je commençais à avoir mal à la tête, un peu comme quand je mange une glace trop vite et que j'ai l'impression que le froid me monte au cerveau.

— Pourquoi tu fais ça ? a demandé Caroline. C'est méchant !

Cheyenne a eu l'air étonné.

— Parce que vous êtes vraiment des bébés ! a-t-elle soupiré. J'essaie juste de vous aider.

Et à Sophie, elle a lancé pour conclure :

— Je te donne jusqu'à la récré de demain matin pour te décider.

Là-dessus, elle a appelé ses deux esclaves (Marianne et Dominique).

— Bon, on y va ! a-t-elle lancé en partant, avec ses bottes à talons qui dessinaient des petits trous dans la neige.

Il nous a fallu un peu de temps pour réagir.

— On s'en fiche de ce qu'elle dit ! a maugréé Caroline. Tu ne vas pas lui obéir. Hein, Sophie ?

Mais rien qu'à voir la tête de Sophie, on a compris. Elle allait plier devant Cheyenne !

— Je suis obligée, a-t-elle gémi.

Je savais bien ce qu'elle éprouvait : *Si on est amoureuse d'un garçon en secret, la pire chose qui puisse arriver, c'est qu'il le sache. Parce que ce n'est plus un secret.*

— Mais non, pas du tout ! s'est exclamée Caroline. Ce n'est pas la pire chose qui puisse t'arriver ! Imagine, si tes parents étaient tués dans un accident de voiture ? Ou si tu avais attrapé le virus très grave chez l'esthéticienne ? Qu'est-ce que ça change, si le prince Peter sait que tu l'aimes ? Tu l'aimes, non ? Alors ?

Sophie a reniflé pour retenir ses larmes. Elle avait envie de pleurer, ça se voyait.

— Évidemment, toi, tu peux dire ça ! a-t-elle crié tout d'un coup à Caroline. Parce que ce n'est pas à toi que ça arrive ! En plus, c'est ta faute ! Si tu n'avais pas parlé à Cheyenne du prince Peter...

Caroline a secoué la tête. Elle aussi était bouleversée.

— Quoi ? C'est ma faute ? Mais... je n'ai pas fait exprès...

— Si ! s'est écriée Sophie.

Juste à ce moment-là, la cloche a sonné. Sophie est partie en pleurant. Et c'est là que j'ai compris ce qui se passait. Tout avait changé. Pas seulement dans la classe de Mme Hunter, mais entre nous quatre aussi. Nous, les Reines.

À cause d'une soirée pyjama !

Règle n° 9

Parfois, il vaut mieux dire aux autres que tout va bien, juste pour les rassurer

Le lendemain, pendant la récréation, Sophie a demandé à Peter Jacobs de sortir avec elle. Et il a dit oui.

On pouvait penser qu'après, elle aurait été de bonne humeur. Mais en fait, pas du tout ! Elle est allée s'asseoir sur la balançoire, l'air accablé. Comme Joey Fields, quand il faisait semblant de lire parce que personne ne le poursuivait au jeu des bisous.

On est aussitôt allées la rejoindre. Sauf Caroline, qui avait décidé de « mettre un peu de distance », le temps que Sophie « se calme » (c'était ses propres paroles). Elle jouait avec Rosemary et les garçons.

— Je ne comprends pas, a déclaré Erica. S'il a dit oui, pourquoi est-ce que tu es triste ?

Sophie luttait pour ne pas pleurer.

— C'est clair, pourtant ! Il a dit oui seulement par politesse ! Il ne voulait pas me vexer !

— N'importe quoi ! a protesté Erica en me lançant un regard désespéré pour réclamer de l'aide. Je suis sûre que ce n'est pas vrai. Le prince Peter ne ferait jamais ça !

— Si, justement ! Parce que c'est un prince ! a rétorqué Sophie.

— Ce n'est pas un *vrai* prince, ai-je rectifié.

Il me semblait important de le rappeler, mais visiblement, ce n'était pas la chose à dire car Sophie a fondu en larmes.

— Oh là là, a soupiré Erica.

Elle m'a tirée par le bras et on s'est éloignées pour pouvoir parler sans que Sophie nous entende. De toute façon, il n'y avait pas beaucoup de danger, vu qu'elle sanglotait vraiment très fort.

— Qu'est-ce qu'on va faire ? a demandé Erica. C'est horrible pour Sophie ! Tu te rends compte ? En plus, si elle ne pardonne pas à Caroline...

Je ne savais pas quoi répondre. Tout ce qui me venait à l'esprit à ce moment-là, c'est que j'aurais bien aimé être Rosemary, parce que je serais allée voir Cheyenne et je lui aurais donné un coup de poing dans la figure.

Mais je n'étais pas Rosemary. Et moi, je ne suis pas le genre de fille qui donne des coups de poing. En général, j'essaie de régler les conflits en évitant la violence.

Ce qui n'est pas toujours facile... Surtout qu'à midi, quand on est parties déjeuner, la dispute a vraiment éclaté entre Caroline et Sophie ! Ça a commencé juste après qu'on a récupéré Kevin dans sa classe. Caroline s'est excusée (une fois de plus) pour avoir parlé du prince Peter à Cheyenne.

Mais Sophie ne lui a pas répondu. Elle tenait Kevin par la main et marchait en regardant droit devant elle. Caroline a insisté :

— Sophie ? Tu as entendu ? Je t'ai dit que j'étais vraiment, vraiment, vraiment désolée.

Aucun résultat. Sophie ne desserrait toujours pas les dents.

— Sophie ? a répété Kevin. Tu as entendu ? Caroline a dit qu'elle était vraiment, vraiment, vraiment désolée.

— Oui, j'ai entendu, a enfin répondu Sophie. Oh là là, il fait super froid aujourd'hui, hein ?

Kevin m'a lancé un regard interrogateur. (Ma mère l'avait encore obligé à porter sa grosse combinaison, donc on n'avançait pas très vite parce qu'il avait du mal à marcher.)

— Qu'est-ce qu'il y a ? m'a-t-il demandé.

— Rien ! s'est empressée de répondre Erica. Tout va bien. Pas vrai, les filles, que tout va bien ?

Sauf que non, ça n'allait pas bien du tout. C'était même une catastrophe.

— Écoute, Sophie... a repris Caroline.

Et là, on a compris à sa voix qu'elle commençait à s'énerver. Caroline ne se met pas souvent en colère, mais quand ça lui arrive, attention !

— Qu'est-ce que tu veux que je te dise de plus ? Je suis désolée !

Sophie a continué à marcher comme si elle n'avait rien entendu. Erica et moi, on s'est regardées. Je voyais qu'Erica était atrocement mal à l'aise. Elle qui déteste les disputes, ça la rendait malade !

— Tu as raison, a encore plaidé Caroline. Je n'aurais jamais dû parler de Peter à Cheyenne.

— Quoi ? s'est exclamé Kevin. Caroline a parlé du prince Peter à Cheyenne ?

Je l'ai aussitôt rappelé à l'ordre :

— Toi, ça ne te regarde pas.

— Mais... a protesté Kevin.

— Ne te mêle pas de ça !

On était arrivées au carrefour où Caroline et Sophie tournent dans leur rue.

— Même *Kevin* est capable de voir que c'était stupide, a dit Sophie. Et il a quatre ans !

— Cinq ans, a corrigé Kevin.

— D'accord...

À ce moment-là, Sophie s'est remise à pleurer.

— C'est tellement horrible ! Tu ne te rends pas compte !

— Oh, Sophie ! s'est écriée Caroline en levant les yeux au ciel. Arrête de te prendre tellement au sérieux ! Tu fais toujours des drames pour rien !

Sophie était pétrifiée. Elle a laissé échapper un sanglot, puis elle est partie en courant. Oh non ! Caroline a réalisé, mais trop tard, qu'elle avait encore gaffé et s'est précipitée à sa suite.

— Sophie !

Mais vu que l'orteil cassé de Sophie était déjà bien remis, et que maintenant elle marchait et courait sans boiter, Caroline n'arriverait sans doute pas à la rattraper.

Pendant qu'Erica et moi, on restait là à se regarder, Kevin a déclaré :

— Moi, je trouve qu'elles font *toutes les deux* un drame pour rien.

— Toi, tais-toi, ai-je dit en le prenant par la main.

— Ben, c'est vrai, a-t-il quand même ajouté.

Après, je suis allée déjeuner chez Erica. Mais même si on a mangé des croque-monsieur – elle adore ça, comme moi –, le cœur n'y était pas. On avait beau chercher un moyen d'arranger les choses entre Caroline et Sophie, on ne trouvait aucune solution ! Et quand on est retournées à l'école, on ne les a pas vues au carrefour où on s'attend d'habitude. Est-ce qu'elles avaient pris un autre chemin pour nous éviter (ou pour s'éviter mutuellement) ? Ou bien est-ce que ni l'une ni l'autre n'allait revenir à l'école l'après-midi ?

Dans la cour, sur la pelouse, on a regardé partout. Elles n'étaient nulle part.

— C'est trop triste, a soupiré Erica en se laissant tomber sur une grosse souche où on aime bien s'asseoir, de temps en temps. Qu'est-ce qu'on va faire ? On est meilleures amies, quand même !

— Ça va s'arranger, ai-je dit.

Mais je mentais. Enfin, je ne le pensais pas sincèrement. *Parfois, il vaut mieux dire aux autres que tout va bien, juste pour les rassurer.* C'est une règle.

— Et si Caroline et Sophie ne se parlaient plus jamais ? a demandé Erica, inquiète.

Je me suis assise à côté d'elle sur la souche.

— N'importe quoi ! Elles ne pourront pas faire autrement, vu qu'elles sont à côté en classe.

Mme Hunter s'en apercevra et elle les obligera à se réconcilier.

— Peut-être qu'elle leur demandera de changer de place, a dit Erica. Comme toi.

— Sauf qu'elles ne bavardent jamais ! Alors que nous, Mme Hunter nous grondait tout le temps.

Erica a soupiré encore plus fort. Plus loin sur la pelouse, Cheyenne et les autres filles de la classe – ses esclaves – faisaient cercle autour de quelqu'un, mais on ne voyait pas qui c'était.

— Quand je pense qu'on vient de faire une super soirée pyjama ! a repris Erica.

Moi aussi, le souvenir de la soirée qu'on avait passée ensemble me fendait le cœur.

— Oui, c'est trop bête.

Quand la cloche a sonné, on s'est levées... et on a eu le choc de notre vie. Au moment où les filles sur la pelouse s'éparpillaient, on a découvert que la personne qu'elles avaient entourée était... *Caroline* !

— Qu'est-ce qu'elle fait avec *elles* ? a questionné Erica, horrifiée.

J'étais complètement sonnée.

— Je n'en sais rien !

Mais on allait très vite comprendre... Caroline s'est dirigée vers nous. Elle marchait en rentrant la tête dans les épaules (elle a de toutes petites épaules, et pour quelqu'un qui mange autant de sucreries, je trouve qu'elle est drôlement mince).

— Vous avez vu Sophie ? nous a-t-elle demandé.

— N... non, ai-je bredouillé. Vous n'êtes pas venues à l'école ensemble ?

— Non. J'ai pris un autre chemin. C'était plus long, mais... Je me suis dit qu'il valait mieux que je la laisse tranquille.

Erica n'a pas pu retenir sa question plus longtemps :

— Qu'est-ce que tu faisais avec les filles ? Et avec Cheyenne ?

— C'est un peu compliqué à expliquer, a soupiré Caroline. De toute façon, je veux d'abord le dire à Sophie.

Sauf qu'elle n'a pas eu ce privilège. Parce que Cheyenne attendait Sophie devant les portemanteaux et qu'elle s'est précipitée sur elle aussitôt.

— Salut, Sophie. Tu es au courant ?

Sophie venait à peine d'arriver. Elle était sûrement partie plus tard, exprès, pour ne pas nous rejoindre au carrefour. En tout cas pour éviter Caroline, sans savoir que Caroline avait pris un autre chemin pour l'éviter *elle aussi*.

— Au courant de quoi ? a demandé Sophie d'un air méfiant.

Elle était inquiète, c'est normal. À sa place, je me serais méfiée moi aussi. Vu que chaque fois que Cheyenne nous adressait la parole, ça tournait mal pour nous.

— À propos de Caroline ! a répondu Cheyenne. On n'est plus les seules à sortir avec un garçon, toi et moi. Caroline aussi est avec quelqu'un !

J'ai tourné la tête tellement vite vers Caroline que j'ai failli me tordre le cou. Sans rire, j'ai senti mes vertèbres craquer ! Caroline a rougi (un tout petit peu) mais elle est restée très calme.

— C'est vrai, a-t-elle confirmé. Lenny Hsu et moi, on sort ensemble.

Comme une girouette, j'ai immédiatement regardé du côté opposé. Lenny Hsu était déjà assis à sa place. C'est l'autre champion d'orthographe et il est deuxième de la classe, juste après Caroline. Mais que quelqu'un sorte avec lui, ça, je n'y aurais jamais pensé ! Parce que Lenny Hsu ne parle à personne. Il ne fait que lire des livres sur l'espace et sur les dinosaures. Et là, justement, il était plongé dans sa lecture, sans se rendre compte que tous les élèves ou presque l'observaient. En tout cas, si Caroline sortait avec Lenny Hsu, lui ne donnait pas l'impression de le savoir.

Malheureusement, le sacrifice de Caroline n'a servi à rien – car c'était ça ! Elle n'avait pas plus envie que nous de sortir avec un garçon, mais elle se sacrifiait en obéissant à Cheyenne pour que Sophie redevienne son amie – la preuve, quand Sophie a appris que Caroline sortait avec Lenny, elle lui a tourné le dos puis elle est allée s'asseoir en prenant son air le plus pincé.

Et Sophie étant une excellente comédienne, je vous le rappelle, elle avait *vraiment* un air pincé.

Caroline n'est pas du genre à pleurer devant tout le monde. Mais à la vue de Sophie qui continuait à bouder, elle a serré très fort les lèvres, comme toujours quand elle est en colère. Qui sait ce qu'elle aurait fait, si Mme Hunter, debout au tableau, ne nous avait pas demandé à ce moment-là d'ouvrir nos livres de grammaire ?

C'était un échec total ! Honnêtement, je ne voyais pas ce qui pouvait arriver de pire. Non seulement deux de mes meilleures amies s'étaient disputées si fort qu'elles ne se parlaient plus, mais par-dessus le marché, elles sortaient avec un garçon ! Et dans le cas de l'une, avec un garçon qu'elle n'aimait même pas.

Eh bien, non, je me trompais. Il y avait pire : une semaine plus tard, presque toutes les filles de la classe sortaient avec un garçon, sauf Rosemary, Erica et moi.

Mais même ça, ce n'était pas assez pour Cheyenne. Elle voulait que *tous* les garçons et *toutes* les filles de la classe, sans exception, sortent avec quelqu'un. Parce que, d'après elle, c'était un signe de maturité.

J'aurais dû me douter qu'elle parviendrait un jour à ses fins. Ça m'aurait peut-être évité d'avoir un tel choc quand j'ai appris par Stuart Maxwell qu'Erica – ma meilleure amie, Erica – sortait avec lui !

Que dis-je ? Plus qu'un choc. C'était un couteau que je recevais en plein cœur ! Parce qu'en plus, Erica *n'aimait pas* Stuart Maxwell. Il la dégoûtait, même, à cause de ses horribles dessins de monstres !

J'ai interrogé Erica dès qu'on s'est retrouvées en tête à tête. C'est-à-dire, dans les toilettes. Là au moins, on ne risquait pas d'être entendues par les espionnes de Cheyenne. Je ne voulais pas non plus que Caroline ou Sophie soient avec nous. Pour qu'elles disent encore du mal l'une de l'autre, non merci ! Elles ne se parlaient toujours pas. Enfin, c'est plutôt Sophie qui ne parlait pas à Caroline, et du coup, Caroline était tellement en colère qu'elle avait décidé de faire pareil. Les choses en étaient arrivées à un tel point qu'on n'avait pas joué aux Reines toutes les quatre depuis presque une semaine ! Et bien sûr, on ne venait plus à l'école ensemble. Sauf Erica et moi, mais Sophie et Caroline prenaient chacune un chemin différent.

Pourquoi Erica ne m'avait-elle rien dit à propos de *Stuart* ? Sans doute parce qu'elle désirait que tout le monde s'entende bien, et qu'elle savait que ça ne me plairait pas. Mais quand même !

— Qu'est-ce qu'il raconte, Stuart ? ai-je demandé dans les toilettes. Vous sortez ensemble, tous les deux ?

Erica avait l'air affreusement malheureuse, et moi, je n'avais pas du tout élevé la voix. Ce qui n'est pas dans nos habitudes. Parce qu'Erica et moi, quand on est excitées, on parle toujours très fort. On crie, même. Sauf qu'aujourd'hui, la situation n'avait rien d'excitant. Toutes ces histoires me donnaient plutôt la nausée.

— Je n'ai pas pu faire autrement, a gémi Erica. Marianne m'a fait passer un mot pendant les maths, qui venait de Dominique, et avant ça, de Cheyenne, et encore avant, de Stuart. Il m'a demandé si je voulais bien. J'étais obligée de dire oui ! Sinon, il aurait été vexé.

Là, je me suis mise à crier. Mais de colère. Et pas aussi fort que quand je suis contente.

— Mais non, il n'aurait pas été vexé ! Stuart s'en fiche *complètement* ! Tout ce qui l'intéresse, c'est de dessiner des yeux qui grouillent d'asticots. Et ça le fait rire, en plus !

Erica m'a regardée avec un air de reproche.

— Si, il aurait pu se vexer, a-t-elle murmuré. Ce n'est pas parce qu'il est obsédé par les monstres qu'il n'a aucune fierté.

— Erica...

Je n'arrivais pas à y croire ! J'avais envie de lancer quelque chose, tellement j'étais énervée. Mais il n'y avait rien à lancer autour de moi, sauf du papier toilettes.

— Écoute... ai-je continué en essayant de me contrôler. Stuart ne t'a pas demandé de sortir avec lui parce qu'il t'aime. Surtout, ne le prends pas mal... Il te l'a demandé parce que Cheyenne lui a *dit* de le faire. Et tous les garçons de notre classe sont tellement bêtes qu'ils obéissent à Cheyenne !

Erica a eu une petite moue de tristesse.

— Comment tu sais qu'il ne m'aime pas ?

Là, les bras m'en sont tombés ! Sérieux.

— Pourquoi ? Tu as *envie* qu'il t'aime ?

— Euh... Non, a dit Erica, gênée. Pas vraiment. Mais je ne veux pas non plus qu'il ne *m'aime pas*. En fait, je voudrais que *tout le monde* m'aime bien, voilà !

— Stuart n'aime *que* les monstres !

Je n'en revenais pas. J'étais obligée de *tout* lui expliquer. À ma meilleure amie ! D'un autre côté, Erica n'était pas assise en classe à côté des garçons, donc elle ne pouvait pas comprendre.

— Il aime dessiner des monstres et faire des bruits dégoûtants. Tu aimes les monstres et les bruits dégoûtants ? Non ! Tu préfères la gymnastique, les chats, jouer avec ta maison de poupées... Je suis désolée, mais toi et Stuart, vous n'avez pas grand-chose en commun. Ça m'étonnerait vraiment que vous soyez un couple parfait, tous les deux !

Erica avait les larmes aux yeux.

— Si on ne répond pas oui quand un garçon vous demande de sortir avec lui, ça veut dire qu'on est immature.

— C'est Cheyenne qui t'a raconté ça, hein ? Madame Je-sais-tout ! On s'en fiche de ce qu'elle pense !

— Mais Caroline et Sophie...

— Et alors ? Tu trouves qu'elles sont plus heureuses depuis ?

— Non, a reconnu Erica en reniflant. Oh, Allie ! C'est trop tard maintenant... Je ne peux pas arrêter de sortir avec lui, il n'a même pas été méchant avec moi !

Moi, je pensais que Stuart ne s'apercevrait de rien si Erica ne sortait plus avec lui. J'en aurais même mis ma main à couper ! Tout à l'heure, il avait dessiné un accident d'avion où les passagers avaient la tête arrachée, avec les entrailles qui leur sortaient par le cou et des oiseaux tout autour qui venaient les manger. Il m'avait demandé de lui prêter un feutre rouge, pour colorier le sang.

Alors, Stuart, se vexer à propos d'une histoire de fille ? Sûrement pas. Mais Erica était tellement gentille, elle ne pouvait pas imaginer que quelqu'un d'aussi insensible, ça existait !

— Tout ça, c'est à cause de Cheyenne, ai-je déclaré dans le couloir, pendant qu'on retournait à la salle d'arts plastiques. Il faut que ça s'arrête ! Tu m'entends, Erica ? *Il faut que ça s'arrête !*

— Mais qu'est-ce qu'on peut faire, Allie ? a demandé Erica, incrédule. Marianne et Dominique – non, il n'y a pas qu'elles deux – *toutes* les filles lui obéissent au doigt et à l'œil. Parce qu'elle a des bottes à talons... et qu'elle vient du *Canada*.

Erica avait raison, bien sûr. Je me doutais aussi que ce ne serait pas facile, mais d'une manière ou d'une autre, je devais absolument faire comprendre à mes camarades ce qui était en train de se passer : Cheyenne gâchait tout ! Avant, il y avait une super ambiance dans la classe, et maintenant, ça devenait un cauchemar.

Alors, moi, j'allais réagir ! Le problème, c'est que je ne savais pas comment.

Règle n° 10

Pour être un gros bébé, il faut d'abord être convaincue soi-même qu'on en est un

J'étais donc bien décidée à m'opposer à Cheyenne, et à prouver à toutes les filles du C.M.1 qu'on n'avait pas besoin de sortir avec des garçons pour s'amuser. Mais je ne m'attendais pas à ce que l'occasion de passer à l'acte se présente aussi vite.

Le lendemain, pendant la récréation de l'après-midi, Cheyenne est venue me voir. J'étais en train de jouer au foot dans l'équipe de Rosemary (maintenant qu'on ne jouait plus aux Reines, Erica et moi, on s'était mises au foot. Je dois reconnaître qu'Erica n'assurait pas trop... Sauf pour tirer. C'est plutôt le genre de fille qui est bonne en gymnastique).

— Allie. Il faut que je te parle, a dit Cheyenne.

— Ben alors, parle.

Comme d'habitude, Cheyenne s'était déplacée avec sa cour : Marianne et Dominique, Shamira, Rosie, Elizabeth... Bref, toutes les filles de C.M.1 sauf Caroline, Sophie, Erica et Rosemary. Rosemary, parce qu'elle était gardien de but ; Erica, parce qu'elle jouait en défense avec moi ; et Caroline et Sophie, parce qu'elles lisaient chacune dans un coin en s'ignorant royalement.

— Joey Fields va te demander de sortir avec lui, a annoncé d'emblée Cheyenne. Et tu diras oui.

Elle a montré Joey du doigt. Il était assis sur une balançoire et nous surveillait de loin, mais quand il a vu Cheyenne se tourner vers lui, il a regardé ailleurs pour faire comme s'il ne s'occupait pas de nous. Ensuite, il a commencé à se balancer, de plus en plus fort... En aboyant. J'ai fixé Cheyenne droit dans les yeux.

— Non, ai-je déclaré.

Derrière Cheyenne, les filles ont retenu leur souffle.

— *Qu'est-ce que tu as dit ?* a demandé Cheyenne en plissant les yeux d'un air menaçant.

— J'ai dit non.

Pour enfoncer le clou, j'ai mis les poings sur les hanches et j'ai ajouté :

— Je ne veux pas sortir avec Joey Fields. Alors, va-t'en. Laisse-moi tranquille !

Encore une fois, les filles ont poussé quelques exclamations étouffées. Mais Cheyenne est restée imperturbable. Elle devait s'attendre à ma réaction, en fait.

— Allie, a-t-elle insisté. *Il faut* que tu sortes avec Joey. C'est le seul garçon de C.M.1 qui n'a personne, et il ne reste que toi comme fille. Et aussi Rosemary... Mais Joey ne veut pas sortir avec Rosemary parce qu'il a peur d'elle.

Pour continuer à la défier, j'ai changé de position.

— C'est dommage, ai-je dit en croisant les bras. Parce que moi, je ne *veux pas* sortir avec Joey.

Cheyenne a fait comme si elle avait mal compris. Ou peut-être que, réellement, elle ne comprenait pas. Elle a incliné la tête et m'a regardée d'un air interrogateur, comme notre chien, Marvin, quand Mark se met tout à coup à siffloter. Mais elle ne renonçait pas pour autant.

— Oh, Allie ! s'est-elle exclamée. Toi et Joey, vous feriez un couple tellement mignon !

J'étais complètement ahurie.

— C'est vrai ! a-t-elle continué. Vous aimez les mêmes livres, tous les deux. C'est quoi comme genre, déjà ?

— Aventure, a lancé une voix anonyme derrière Cheyenne.

— Oui, c'est ça... Joey en lit tout le temps ! Et toi aussi, j'ai remarqué. Je te jure que vous êtes vraiment faits l'un pour l'autre ! Vas-y ! Dis-lui que tu veux bien sortir avec lui.

J'ai pris une profonde inspiration avant de répondre :

— Cheyenne... Je suis assise à côté de Joey Fields toute la journée. D'accord, je lis les mêmes genres de livres que lui. Mais ça ne veut pas dire que j'ai envie de sortir avec lui, je ne l'aime pas. Je n'aime aucun garçon !

J'entendais ma voix partir dans les aigus. Je sentais aussi que mes jambes commençaient à trembler, comme quand j'avais dû me présenter à la classe, le premier jour. D'ailleurs, c'était plus ou moins les mêmes visages que j'affrontais maintenant. Et comme ce jour-là, il fallait que je continue à parler. Je ne pouvais pas reculer. Parce que, comme ce jour-là, c'était trop important.

— Je ne veux pas sortir avec un garçon ! ai-je continué.

Là, je me suis rendu compte que je criais presque. Mais tant pis. Au moins, j'étais sûre que Cheyenne m'entendrait.

— Avec aucun garçon ! D'accord ?

Évidemment que Cheyenne m'entendait, elle était juste en face de moi ! *Toutes* les filles de l'école m'entendaient. J'ai remarqué que Caroline et Sophie, chacune à un coin de la cour, s'approchaient pour voir ce qui se passait. Ceux qui jouaient au foot aussi nous regardaient (y compris Rosemary) et ça les agaçait parce que leur match était arrêté. Mon frère Mark a crié :

— Alors ? On joue ou quoi ?

Bien sûr que Cheyenne avait *entendu*. Sauf qu'elle *n'écoutait* pas.

— Il n'y a que les gros bébés immatures qui n'aiment pas les garçons, a-t-elle répondu d'une voix patiente (sur le même ton que la maîtresse de Kevin quand elle parle aux petits de maternelles). Tu veux vraiment rester un bébé, Allie ? Quand même, tu es en C.M.1 maintenant ! Il est temps de grandir un peu, non ? Parce que ton jeu où vous faites semblant d'être des Reines, celui où vous dansez, et tes grosses bottes fourrées pour la neige, moi, j'en ai assez. Tu ne peux pas mettre des bottes normales à fermeture Éclair, comme tout le monde ? Si tu veux qu'on t'accepte dans le monde des adultes, tu dois arrêter de te comporter comme une enfant. Autrement, les conséquences risquent d'être très graves. Tu es prête à les accepter ?

Mais qu'est-ce que c'était que ce *charabia* ?

— Je ne veux pas sortir avec Joey, ai-je répété, et j'accepte les conséquences. Je m'en fiche.

— Très bien.

Cheyenne a pris un air désapprobateur et m'a annoncé (toujours avec sa voix de maîtresse de maternelle) :

— Alors, la première conséquence, c'est que tu dois aller dire à Joey que tu refuses de sortir avec lui. Et aussi lui expliquer *pourquoi*.

J'ai jeté un coup d'œil à Joey, toujours assis sur la balançoire. Aussitôt, il a encore regardé ailleurs et il a fait comme si nos histoires ne l'intéressaient pas. Alors qu'en réalité, ça l'intéressait *beaucoup*.

— Je m'en fiche, ai-je répété en haussant les épaules.

Puis je me suis adressée à Erica :

— Attends-moi.

Elle a hoché la tête d'un air angoissé. Pas parce qu'elle s'inquiétait pour moi, à mon avis, mais parce qu'elle allait rester seule avec les filles. Et je suis partie vers Joey d'un pas décidé.

Ne croyez pas que j'y allais le cœur léger ! D'accord, j'avais dit : « Je m'en fiche » et haussé les épaules, mais ce n'était pas facile pour autant. Je commençais à comprendre Erica, qui s'était sentie obligée de répondre oui à Stuart. Pourquoi choisirait-on de vexer quelqu'un, exprès ? Sauf si on est tout simplement méchant. En plus, de savoir à l'avance que l'autre va être vexé, c'est horrible ! Bref, j'avais le ventre noué en m'approchant de Joey. Lui qui avait été tellement triste parce que personne ne le poursuivait pour l'embrasser !

Je n'aimais pas Joey – pas dans *ce sens-là*. Mais je ne voulais pas non plus lui faire de mal (enfin, pas trop).

Je n'étais plus qu'à quelques mètres des balançoires et, à ce moment-là, j'ai pensé aux machines à remonter le temps. Si seulement c'était possible de retourner en arrière ! Je serais revenue au premier jour après les vacances, mais au lieu de parler d'une Nouvelle à l'école, Caroline nous aurait annoncé qu'elle avait eu un cheval pour Noël.

Du coup, je ne me serais pas retrouvée dans cette terrible situation. Les chevaux, c'est *bien mieux* que les garçons qui veulent sortir avec vous. Tiens, d'ailleurs... Je viens de l'inventer mais c'est une règle.

— Salut, Allie, a dit Joey quand je me suis assise sur la balançoire à côté de lui.

— Salut...

J'ai essayé de ne pas tourner les yeux dans cette direction, mais je savais bien que toutes les filles de C.M.1 nous regardaient.

— Tu as quelque chose à me dire ? a-t-il demandé.

Il avait enlevé son bonnet, sans doute avec l'intention de me montrer qu'il avait particulièrement soigné son look pour l'occasion (c'est-à-dire, demander que je sorte avec lui). Résultat, il avait les oreilles rouge vif. On doit toujours garder son bonnet quand il fait zéro degré ou moins. Parce que le corps perd quatre-vingts pour cent de sa chaleur par la tête. C'est Sophie qui me l'a expliqué, un jour.

— Oui, ai-je répondu. En fait...

Courage, Allie ! Plus vite tu seras débarrassée, mieux ce sera ! C'est comme quand on enlève un pansement. Ça fait moins mal si on tire d'un coup. J'ai pris une grande inspiration et j'ai dit :

— Je n'ai pas envie de sortir avec toi, voilà.

Joey avait un petit sourire aux lèvres, parce qu'évidemment, il ne s'attendait pas à ça. J'étais la *seule* fille du C.M.1 qui ne sortait avec personne (sauf Rosemary, mais tout le monde connaissait sa position : c'était non en bloc). En plus, Joey devait être un peu romantique (vu qu'il lisait des livres), et donc l'idée que je refuse sa proposition (puisque moi aussi j'aimais lire), était parfaitement inconcevable pour lui. Même pas en rêve !

Alors vous imaginez sa réaction quand j'ai dit que je n'avais *pas envie* de sortir avec lui. Son sourire a disparu. Aussitôt après, il a empoigné les chaînes de la balançoire et a commencé à se balancer en tirant très fort sur ses jambes.

Et en regardant droit devant lui.

— Ce n'est pas que je ne t'aime pas... ai-je ajouté.

Zut ! J'étais quand même assise à côté de lui tous les jours. Qu'est-ce qui se passerait s'il me détestait carrément, après ?

— C'est juste que je ne t'aime pas *dans ce sens-là*... Dans le sens de sortir avec toi, je veux dire.

En fait, je ne comprenais pas moi-même ce que je racontais. Je répétais seulement ce qu'on avait dit avec Caroline, Sophie et Erica quand on avait mis les habits de Missy et qu'on avait joué à être des grandes du collège. C'était la manière de parler des ados à la télé, alors ça me paraissait convaincant.

En tout cas, Joey a dû être convaincu, parce qu'il s'est arrêté de se balancer et m'a regardée. Il y avait des larmes sur ses joues, mais je savais d'expérience que c'était un effet de la balançoire, à cause du froid.

Du moins, je l'espérais. Je ne pouvais pas croire que Joey Fields pleurait parce qu'il était *amoureux* de moi. Ça, ce serait vraiment trop bizarre !

— Tu ne m'aimes pas dans le sens de « sortir avec moi » ? a-t-il demandé (mais il n'était pas énervé). Qu'est-ce que ça veut dire ?

Comme je l'ignorais moi-même, j'ai inventé une réponse à toute vitesse :

— Ça veut dire... que je veux juste être amie avec toi. C'est vrai, quoi. On est en C.M.1 ! Personne en C.M.1 ne sort avec quelqu'un. En tout cas, pas aux États-Unis. Tu lis, non ? Est-ce que dans toutes les histoires, les personnages sortent les uns avec les autres ?

— Non, a reconnu Joey.

— C'est pour ça que je les aime, les livres ! Parfois, je voudrais bien avoir la même vie que les personnages. Dans une vieille série que j'aime bien, ils habitent dans un vieux wagon, ils sont libres. Bon, sauf que leurs parents ont été assassinés et qu'ils n'ont rien à manger ! Mais au moins, si j'étais comme eux, les choses ne seraient pas aussi... pas aussi *compliquées* !

Joey ne se balançait plus du tout. Je me suis fait la réflexion qu'il n'avait pas aboyé une seule fois depuis qu'on parlait. Ni même grogné.

— Moi aussi, a-t-il dit en me regardant dans les yeux. Ce que j'aime dans les vieux livres, c'est que la vie était plus simple à cette époque-là.

— Alors pourquoi tu les gardes dans ta case ? Ce serait plus gentil de laisser les autres les lire aussi.

— C'est pour ça que tu ne veux pas sortir avec moi ? a-t-il demandé en baissant la tête. À cause des livres que je garde ?

— Non ! ai-je crié, au comble de l'agacement. Ce n'est pas du tout pour ça ! Tu n'as rien compris à ce que je t'ai dit ou quoi ?

— D'accord, d'accord... a murmuré Joey avec un air craintif. Ne crie pas ! C'est bon.

Mais j'étais lancée maintenant :

— Remets les livres à leur place une fois que tu les as lus ! Tu n'as qu'à les emprunter un par un ! Ils sont pour tout le monde, pas juste pour toi !

Joey aussi a monté le ton :

— J'ai dit « d'accord » ! Alors, arrête de crier ! Ouaf !

— Et toi, arrête d'aboyer. C'est vraiment un tic bizarre.

— Je ne peux pas m'en empêcher. Ça sort tout seul.

— J'avais remarqué ! Parce que je suis assise à côté de toi, je te signale.

— Et tu es beaucoup plus sympa que Rosemary. Tu sais quoi ? Avant, elle me jetait des Mentos. Ça faisait mal !

— Moi, tu peux être sûre que si j'avais des Mentos, je ne les gâcherais pas en les lançant partout ! Je les mangerais.

— Tu ne veux vraiment pas sortir avec moi ? a demandé Joey. Je pourrais être un bon petit copain...

— Je te crois, ai-je répondu en restant aussi gentille que possible. Mais je ne veux pas avoir de petit ami. Moi, j'ai envie de m'amuser autrement. Et toi aussi.

Pour en rajouter une couche, j'ai répété :

— Dans la série que j'aime bien, ils ne sortent avec personne.

— C'est vrai, a concédé Joey.

Heureusement, la cloche a sonné à ce moment-là. Ouf ! Fin de la conversation... J'ai aussitôt sauté de la balançoire pour aller me mettre en rang. Et là, bien sûr, toutes les filles m'ont demandé ce que j'avais raconté à Joey.

— Je lui ai dit que je ne voulais pas sortir avec lui, évidemment.

Mais je parlais à voix basse, parce que je ne voulais pas que Joey m'entende. Pour ne pas le gêner. C'est vrai, quoi. S'il y a une chose que j'ai découverte depuis que je suis assise au dernier rang avec les garçons – et je ne suis pas sûre que Cheyenne en ait conscience, ni les autres filles qui aimaient jouer à la chasse aux bisous –, c'est que les garçons sont des êtres humains.

Oui, je sais. Je dis souvent que les garçons ne sont pas sensibles. Mais ce n'est pas vrai, bien sûr. En fait, ils le sont. C'est juste que les garçons, une fois qu'ils ont ressenti quelque chose, ils oublient.

Tandis que les filles, après, elles y pensent. Plus que ça ! Elles l'écrivent dans leur journal et elles appellent leur meilleure amie pour se confier. Elles en parlent même à leur chaton, ou à leurs jouets, comme par exemple une licorne en peluche qui a des ailes arc-en-ciel. Ou bien encore, elles se plantent devant la glace de la salle de bains, avec un oreiller dans les bras, et elles font comme si l'oreiller était leur meilleure amie. Sinon, elles racontent des choses par la bouche de leur poupée, en jouant avec des peluches ou avec les personnages de leur dînette, et puis aussi avec leurs bébés jumeaux, pour que ce soit juste...

J'étais tellement plongée dans mes pensées que Cheyenne m'a fait sursauter, devant les portemanteaux de la classe, quand elle m'a demandé avec sa voix de mijaurée :

— Alors ? Tu lui as dit ?

Et là, j'ai craqué. Mais vraiment craqué ! J'ai hurlé, tellement j'étais hors de moi :

— Oui, Cheyenne ! Je lui ai dit, et je lui ai dit *non* ! J'ai dit non à Joey ! D'accord ? Je ne vais pas sortir avec lui ! Je ne veux sortir avec personne ! *Et tu ne peux pas m'obliger !*

Cheyenne m'a lancé un regard méchant et a répondu à voix basse :

— Alors, il va y avoir des conséquences. Je t'avais prévenue... À partir de maintenant, on ne t'appellera plus Allie, mais Gros Bébé. Allie le Gros Bébé. C'est ton nouveau nom : Allie le Gros Bébé. Ça te plaît ?

Marianne, qui était juste derrière Cheyenne comme d'habitude, s'est mise à rire.

— Gros Bébé ! Oui, c'est trop drôle ! Allie le Gros Bébé !

À ce moment-là, je ne sais pas ce qui m'est arrivé. Je crois que c'était la goutte qui a fait déborder le vase. Cheyenne dépassait vraiment les bornes ! Bon, Allie le Gros Bébé, j'avais déjà entendu pire comme insulte...

Mais bref. J'ai complètement perdu patience. Je n'en pouvais plus ! Stop ! Peut-être aussi que j'étais émue par l'air triste qu'avait eu Joey en apprenant que je ne voulais pas sortir avec lui. Ou parce que on avait vraiment passé un bon moment tous les deux sur les balançoires, à se raconter qu'on aimerait bien vivre dans un wagon (même si j'espère que je n'habiterai jamais dans un wagon avec Joey Fields !).

Sauf qu'à cause de Cheyenne et de sa méchanceté, tout ça paraissait, je ne sais pas... Bête. Alors que ce n'était pas bête du tout. Au contraire, c'était sympa ! Et là, j'ai explosé :

— CHEYENNE !

Tout le monde s'est figé dans la classe.

Je criais à pleins poumons :

— CHEYENNE ! TU N'AS PAS LE DROIT DE ME COMMANDER et je ne veux pas t'obéir ! Je ne veux pas ! Alors, je te préviens ! Si tu me traites encore de gros bébé, moi ou mes amies, je te le ferai payer ! Tu as compris ?

Cheyenne a ouvert des yeux immenses tellement elle était surprise. En fait, tout le monde est resté bouche bée quand j'ai fini de vider mon sac. Mais la personne la plus étonnée, c'était celle qui venait d'entrer dans la classe...

— *Allie !*

Les yeux verts de Mme Hunter lançaient des éclairs. Je ne l'avais jamais vue aussi stupéfaite. Ni aussi fâchée.

Règle n° 11

Ce n'est pas en criant qu'on se fait le mieux comprendre

Mme Hunter ne m'a pas envoyée chez la directrice. Si ça avait été quelqu'un d'autre que moi, elle n'aurait sûrement pas hésité. Mais jusqu'à présent, je ne m'étais jamais mal comportée en classe (sauf quand je bavardais avec Erica).

Je crois qu'elle n'a pas vraiment entendu ce que je disais, en fait. Elle a juste été frappée par le niveau de décibels (c'est comme ça qu'on mesure la puissance d'un son). Et elle ne savait pas non plus à qui je m'adressais. Bref, quand elle a vu que c'était moi qui hurlais, elle a déclaré très calmement :

— Ce n'est pas en criant qu'on se fait le mieux comprendre.

Puis elle est allée s'asseoir à son bureau, comme si de rien n'était. Mais elle avait quand même l'air abasourdi. Cheyenne aussi.

Si vous voulez savoir, je crois que *tout le monde* devait avoir les oreilles qui bourdonnaient encore, tellement je m'étais égosillée ! Et moi, même si on ne m'envoyait pas chez la directrice, je peux vous dire que j'avais peur.

Qu'est-ce qui allait se passer, maintenant que j'avais hurlé contre Cheyenne ? Est-ce qu'elle chercherait un autre moyen de m'humilier (pire que m'appeler Allie le Gros Bébé ?) ?

Évidemment que oui ! D'ailleurs, elle commençait déjà à y réfléchir... Elle s'était remise de son choc et chuchotait avec Marianne, Dominique et Shamira. Pour préparer sa vengeance !

J'ai sorti mes affaires de ma case. Je me sentais tiraillée entre plein de sentiments contradictoires. Mais le problème, c'est que je ne savais pas lequel était le plus important. D'un côté, il y avait Cheyenne, et une situation qui me mettait affreusement mal à l'aise... C'est horrible d'être détestée par quelqu'un ! Même par quelqu'un qu'on n'aime pas tellement.

Et de l'autre, il y avait Mme Hunter. J'étais super inquiète. Que penserait-elle de moi à présent ? Moi qui étais un bonheur pour elle. C'est ce qu'elle avait dit à ma grand-mère !

Là, c'est sûr qu'elle allait changer d'avis. Je voyais bien qu'elle se posait des questions sur moi. Elle m'observait – bon d'accord, pas seulement moi, les autres aussi –, pour essayer de comprendre ce qui était arrivé. À tous les coups, elle devait penser que je m'étais énervée à cause des garçons.

Mais ça se passait très bien avec les garçons ! Joey avait remis les livres dans la bibliothèque – ça alors, il en avait caché sept ! Et en plus, ceux-là, je ne les avais pas lus. Ce qui tombait on ne peut mieux, puisque j'allais être rejetée par tout le monde, y compris par ma maîtresse qui me détesterait, et donc j'aurais plein de temps pour lire.

Finalement, ce qui me paraissait le plus insupportable dans tout ça, c'est que Mme Hunter ne m'aime plus. Parce que moi, je l'adorais ! En plus, j'étais d'accord avec elle : on ne se fait pas mieux comprendre quand on crie. Sauf que là, j'avais eu une raison de crier... Oui, vraiment !

Et la raison, bien sûr, c'était... Cheyenne O'Malley. Elle ne disait pas non à la bêtise ! Au contraire. Elle disait oui *surtout* à la bêtise ! Le message sur son tee-shirt était un mensonge, et elle qui le portait, c'était une grosse menteuse ! Même qu'elle méritait d'aller en prison pour ça ! Mme Hunter ne s'est pas adressée à moi pendant toute la journée. Mais c'était normal, après tout, vu que je ne faisais rien pour attirer son attention. Je n'ai pas levé le doigt, et je ne me suis pas proposée pour déplacer les chaises et préparer la classe de musique, alors que d'habitude, j'essaie toujours de me rendre utile.

Est-ce que Mme Hunter m'ignorait à cause de ça, ou est-ce qu'elle ne m'aimait plus parce que j'avais crié, et ne me parlerait plus jamais ? L'idée me terrifiait tant que lorsque je suis allée mettre mon manteau, j'étais affreusement déprimée. C'est là que Cheyenne m'a glissé, de sa voix de mijaurée :

— Pourquoi tu en fais toute une histoire, Allie ?

Qu'est-ce qu'elle racontait encore ? Je n'en faisais pas toute une histoire ! J'avais juste dit qu'elle n'avait pas le droit de me commander, parce que c'était la vérité ! Sauf que Cheyenne ne savait même pas ce que c'était, la vérité !

— Moi, je ne trouve pas que tu en fais toute une histoire, a déclaré Rosemary dans l'escalier.

J'étais avec Rosemary et Erica, et il y avait aussi Caroline et Sophie. Pendant ce temps, au moins, elles oubliaient leur dispute ! Parce qu'elles voulaient me soutenir cet après-midi, contre Cheyenne.

— Tu as eu tout à fait raison de dire à Cheyenne ce que tu lui as dit ! a insisté Rosemary. J'ai failli applaudir mais Mme Hunter est arrivée juste à ce moment-là.

— Je suis sûre qu'elle me déteste, maintenant, ai-je soupiré.

— Pas du tout ! s'est écriée Erica. Mme Hunter ne te détestera jamais ! Elle t'adore ! Regarde, elle te fait tellement confiance qu'elle t'a mise au dernier rang pour surveiller les garçons.

— C'est un honneur ! a dit Rosemary. Tout le monde n'en est pas capable... Je suis bien placée pour le savoir.

— Elle m'a choisie parce que j'ai des frères, c'est tout. Comme toi, Rosemary. Et que les garçons ne me font pas peur.

Moi, j'avais peur des filles ! Enfin, pas de *toutes* les filles, mais de certaines. Sauf que je me suis bien gardée de le dire. Je n'ai pas mentionné non plus le cahier dans lequel je note mes règles d'or, celles qui m'aident justement à bien m'entendre avec les filles.

En fait, je n'avais parlé à personne de mon cahier à l'école. Ça avait été une catastrophe quand je l'avais raconté dans mon ancienne école. Je n'étais pas près d'oublier la leçon !

— Et alors ? a répondu Rosemary. C'est quand même un honneur ! Allez, ne te laisse pas abattre... À demain !

On était arrivées en bas de l'escalier, et Rosemary a filé pour ne pas rater son bus.

Une chance pour elle, je dirais. Elle n'a pas eu à supporter un retour à pied passablement lugubre. Bien qu'Erica essaie de mettre une bonne ambiance, ça tombait un peu à plat vu que Caroline et Sophie ne se parlaient pas. Et moi, j'étais tellement triste que je n'avais pas le courage de faire le moindre effort. Du coup, quand on a atteint le carrefour et que Sophie et Caroline sont parties de leur côté, personne n'a trouvé grand-chose à dire, sauf : « Ne t'inquiète pas, Allie. Ça va aller » et « Cheyenne n'osera pas t'embêter demain. Tu l'as écrasée ! »

Mais j'étais sûre qu'elles se trompaient. Cheyenne allait passer la moitié de la nuit au téléphone avec Marianne, Dominique et ses autres admiratrices, pour mijoter sa revanche ! Et demain, elle sortirait ses nouvelles munitions et réussirait à me mettre tellement en colère que je me comporterais encore mal devant Mme Hunter. Peut-être que cette fois, je devrais aller chez la directrice !

Peut-être même que je serais renvoyée ! Parce qu'on s'apercevrait finalement que je n'avais pas une bonne influence sur les garçons depuis que j'étais assise au dernier rang. Mais qu'en revanche, les garçons avaient déteint sur moi ! Résultat, à la fin du trimestre, on m'enverrait dans une école spéciale pour enfants à problèmes... ou en prison !

J'étais tellement inquiète que j'ai demandé l'avis d'Erica.

— Bien sûr que non, Allie ! s'est-elle écriée. Tu es sage à l'école ! Bien plus sage que Cheyenne. Tu as vu ce qui était marqué sur son tee-shirt aujourd'hui ? « Peste, mais gentille. » Toi, tu n'es pas peste du tout.

Les paroles d'Erica ne m'ont pas franchement réconfortée. Parce que les tee-shirts de Cheyenne ne racontaient que des mensonges, mais ça, on le savait déjà.

Erica m'a proposé de goûter chez elle et de jouer avec sa maison de poupées. Elle a promis de me laisser prendre sa poupée préférée. Et puis, si je voulais, on pourrait aussi faire comme si j'étais kidnappée mais que je réussirais à m'évader toute seule... Sauf que je n'avais pas très envie de jouer, tellement je me sentais triste. Du coup, j'ai répondu que je préférais rentrer chez moi et lire.

— Bon, a dit Erica. Comme tu veux.

Après avoir quitté Erica, je suis entrée chez moi par le garage... juste au moment où Oncle Jay en sortait. Ce qui m'a étonnée. D'habitude, il ne passe jamais par là. Mais ce qui m'a le plus frappée, c'est qu'il était habillé, avec son manteau et tout. Pourtant, il n'avait pas de cours cet après-midi. En fait, c'était la première fois depuis une éternité que je le voyais debout alors qu'il n'était pas obligé de se lever.

— Tiens... ai-je fait. Où tu vas ?

Oncle Jay a pris une mine théâtrale pour m'annoncer :

— Puisque Harmony refuse de m'accepter tel que je suis, je me résous à devenir le genre d'homme qu'elle souhaite. J'ai donc cherché du travail et j'ai rendez-vous pour passer un entretien.

C'est là seulement que j'ai remarqué : il s'était rasé la barbe. Et même le bouc !

— Oncle Jay ! me suis-je écriée.

J'étais presque aussi bouleversée par le nouveau visage d'Oncle Jay que par tout ce qui m'était arrivé l'après-midi à l'école. Sans son bouc, il avait l'air d'un petit garçon.

— Tu vas vraiment faire ça ?

Et là, je ne sais pas pourquoi, les larmes me sont montées aux yeux. De voir qu'Oncle Jay renonçait à ses principes et qu'il se décidait à changer parce que Harmony le lui avait demandé, ça m'a rappelé ma propre situation. Ce n'était pas du tout comparable, je sais, parce que Oncle Jay est une grande personne alors que moi, je suis seulement en C.M.1. En plus, Harmony était sa petite amie et il l'aimait, tandis que Cheyenne n'est qu'une fille parmi d'autres dans ma classe et que je me fiche complètement de ce qu'elle dit. Enfin, presque.

Mais quand même. Il faisait ce qu'Harmony voulait au lieu de rester comme il avait toujours été. C'est pour ça, je crois, que j'ai eu envie de pleurer. Oncle Jay a dû s'en apercevoir, parce qu'il m'a tapotée sur l'épaule.

— Ben alors... ? a-t-il dit gentiment. Ne fais pas cette tête-là ! Je suis toujours le même Jay. Trouver un travail, ce n'est quand même pas la mer à boire, surtout si ça peut rendre Harmony heureuse. D'ailleurs, j'avais justement besoin d'argent. Il faut bien que j'achète à manger à Wang Ba, tu comprends ? Et puis, qui sait ? J'y trouverai peut-être une inspiration nouvelle pour écrire... En plus, si je donne cette petite victoire à Harmony, j'ai une chance qu'elle revienne. Donc je me dis que d'une manière ou d'une autre, je ne peux pas être perdant. Tu me suis ?

J'ai hoché la tête, sans répondre, parce que j'avais peur de fondre en larmes si je parlais.

— Bon, a conclu Oncle Jay. Alors, tu n'as plus qu'à me souhaiter bonne chance.

Là aussi, je suis restée muette, mais je ne crois pas qu'il l'ait remarqué. Je me suis simplement écartée pour le laisser passer. Ensuite, j'ai enlevé mon manteau, mon béret et mes bottes fourrées, j'ai mangé mon goûter dans la cuisine, puis je suis montée dans ma chambre, j'ai pris Micha, je suis allée dans mon placard et j'ai fermé la porte, je me suis assise, j'ai serré Micha contre moi, et j'ai pleuré.

Je pleurais sans doute depuis une dizaine de minutes quand quelqu'un a frappé à la porte du placard. C'était Kevin :

— Allie ? Tu pleures ?

— VA-T'EN ! ai-je crié.

Micha s'est aussitôt arrêté de ronronner dans mes bras. Mais très vite, voyant que je ne criais plus, il a recommencé. Kevin est parti. Un peu plus tard, on a encore frappé à la porte du placard. Cette fois, c'était Mark :

— Allie ? Kevin a dit que tu étais en train de pleurer dans ton placard. Pourquoi tu pleures ?

— Ça ne te regarde pas ! Sors de ma chambre !

Mais lui, il n'est pas parti. Pas comme Kevin. Je l'entendais respirer de l'autre côté de la porte. Mark fait toujours beaucoup de bruit quand il respire. D'après Sophie, il doit avoir un problème avec ses végétations (c'est une glande qui se trouve quelque part derrière le nez).

— Tu veux que j'aille chercher papa ? a-t-il demandé. Maman n'est pas encore rentrée.

— Non ! Fiche-moi la paix !

Mark ne m'a pas écoutée, évidemment. Il est allé chercher mon père. Je n'ai donc plus besoin de vous expliquer pourquoi je dis que les frères sont pénibles et qu'il ne faut jamais rien leur raconter. La preuve, c'est qu'ils vous font des coups de ce genre-là.

— Allie ? a demandé mon père en frappant doucement à la porte. Tu peux sortir du placard, s'il te plaît ?

Pourquoi est-ce qu'ils venaient tous m'embêter ? J'étais très bien, dans mon placard. Je sentais mon sac de couchage à côté de moi, et aussi un tas de vêtements que j'avais oublié de mettre dans le panier de linge sale. D'accord, c'était tout noir. Et d'accord, je pleurais...

Mais je tenais Micha dans les bras. Il était chaud et doux, et il ronronnait doucement malgré mes larmes qui tombaient dans ses poils. Ce que je faisais dans le placard ne regardait personne ! Est-ce que je dérangeais quelqu'un ? Non !

— Non, je ne sortirai pas, ai-je déclaré. Laisse-moi tranquille.

Mon père n'a rien répondu. Il devait être surpris, parce qu'en général, je lui obéis. *On doit obéir à ses parents.* C'est une règle. Une règle CAPITALE.

Les parents sont là pour vous protéger et empêcher qu'on vous fasse du mal. Ça, c'est une autre règle. Et le plus souvent, c'est ce qu'ils font.

Mais les parents ne peuvent pas vous protéger contre toutes les Cheyenne du monde. Parce que les parents ne savent pas qu'il existe des Cheyenne dans le monde.

— Allie, a repris mon père d'une voix différente. Qu'est-ce qui se passe ? Tu as mal quelque part ?

— Non. Je n'ai pas envie de sortir, c'est tout. Pourquoi je ne pourrais pas rester dans le placard, si je veux ? C'est *mon* placard.

Silence. Mon père réfléchissait, j'imagine.

— Bien sûr, tu peux rester dans ton placard, a-t-il répondu enfin. Mais tu pleures. Et tes frères sont inquiets, ils ne t'ont jamais vue pleurer dans le placard. Ils m'ont appelé pour que je vienne te demander ce qui n'allait pas. Tu veux me dire ce qui ne va pas ?

— Non.

— Tu es sûre que tu n'as pas mal ? a-t-il répété.

— Oui.

Mon père a encore réfléchi. Puis il a dit :

— Bon, très bien. Je vais préparer le dîner... Si jamais tu changes d'avis, viens me parler dans la cuisine.

— D'accord.

Mon père a expliqué à Mark et à Kevin qu'il fallait me laisser, parce que j'avais besoin d'être seule. Ensuite, il est parti. Les marches de l'escalier ont craqué pendant qu'il descendait. Au bout d'un moment, il y a eu encore du bruit dans l'escalier et juste après, j'ai entendu la voix d'Oncle Jay de l'autre côté de la porte.

— Allie ? Tu es toujours là ? Je suis revenu de mon rendez-vous... Tu ne veux pas sortir pour me parler ?

— Non.

— Ah bon, a dit Oncle Jay, un peu étonné. Alors, tu veux qu'on parle à travers la porte ?

— Non.

— Tu ne veux pas parler du tout ?

— Non !

J'ai entendu des chuchotements, et la voix de Kevin qui disait :

— Tu vois ? Elle ne veut rien !

Mark l'a grondé :

— Tais-toi !

Après un silence, Oncle Jay a ajouté :

— Bon... En tout cas, tu sais où me trouver. Je vais m'allonger sur le canapé. Ton père est en train de préparer un de tes plats préférés pour le dîner. Des crêpes mexicaines. Sans sauce tomate. Vu que tu détestes ce qui est rouge...

Je n'ai rien dit. De toute façon, qu'est-ce que j'aurais pu répondre ? Et Oncle Jay est parti, lui aussi. Je suis restée assise dans le noir, sans bouger. J'avais l'impression d'être là depuis une éternité quand enfin, j'ai entendu la porte d'entrée claquer. La voix de ma mère a lancé :

— Mmh ! ça sent drôlement bon !

Il y a eu une petite conversation, en bas. Puis l'escalier a encore craqué. Quelqu'un est entré dans ma chambre, puis a frappé trois petits coups à la porte du placard en appelant doucement :

— Allie ?

Et là, je ne sais pas... D'entendre la voix de ma mère, je me suis remise à pleurer. Impossible de me retenir. J'étais tellement, *tellement* triste ! Personne, même pas Micha, ne pouvait me consoler !

— Oui... m... maman... ai-je réussi à articuler entre deux sanglots.

Heureusement que Cheyenne n'était pas là. Parce que si elle m'avait vue pleurer comme ça, elle m'aurait *vraiment* traitée de gros bébé. Ma mère a ouvert la porte. Elle ne m'a pas demandé mon avis, elle a ouvert, c'est tout. *Les mamans font ce qu'il faut.* Cette règle-là (si c'en est une), on n'a même pas besoin de l'écrire pour savoir que c'est vrai.

— Oh, Allie ! s'est-elle exclamée en me découvrant avec Micha dans les bras.

J'avais le visage inondé de larmes.

— Je ne veux pas sortir, ai-je gémi.

Ma mère a aussitôt relevé sa jupe et a répondu :

— Bon. Dans ce cas, c'est moi qui viens.

Et elle s'est assise à mon côté dans le placard.

Règle n° 12

Quand on mange son plat préféré, tout va beaucoup mieux. Enfin, presque tout

Ça m'a fait bizarre quand ma mère est venue avec moi. C'était la première fois. Je veux dire, qu'on se retrouvait assises ensemble dans un placard. Mais je préférais de loin être à deux que toute seule.

— Qu'est-ce qui se passe, ma chérie ? a demandé ma mère. Pourquoi tu pleures ?

— Parce que... ai-je répondu.

Et puis tout est sorti. Tout ! Cheyenne et son tee-shirt « dites non à la bêtise », et ses bottes à talons... Mme Hunter qui m'avait changée de place, le jeu des bisous, les soirées pyjama... Cheyenne qui sortait avec Patrick, Sophie qui sortait avec le prince Peter, Caroline qui sortait avec Lenny Hsu (même si je restais persuadée qu'il n'était pas au courant), Erica qui sortait avec Stuart... Cheyenne qui avait voulu m'obliger à sortir avec Joey Fields, Joey qui avait pleuré sur la balançoire, Cheyenne qui m'appelait Allie le Gros Bébé... Et moi, quand j'avais hurlé qu'elle n'avait pas le droit de me commander... Et ce que m'avait dit Mme Hunter, qu'on ne se faisait pas mieux comprendre en criant... Et Oncle Jay qui s'était rasé la barbe et avait décidé de changer pour Harmony...

À la fin, je sanglotais tellement fort que je n'arrivais presque plus à parler.

— Et m... maintenant, M... Mme Hunter m... me d... déteste !

— Allie, ma chérie ! s'est exclamée ma mère en me prenant dans ses bras. Mme Hunter ne te déteste pas, j'en suis sûre.

— Si !

Et à cette pensée, j'ai eu la sensation que mon cœur se brisait.

— Tout le monde me déteste ! Ils vont *tous* m'appeler Allie le Gros Bébé ! Je ne veux plus jamais retourner dans cette école !

— Ne dis pas de bêtises, a murmuré ma mère.

Elle m'a serrée contre elle et m'a bercée, doucement, comme quand j'étais petite (plus petite encore que Kevin).

— Je ne comprends pas, a-t-elle repris. Cheyenne pousse les filles à sortir avec les garçons... Mais qu'est-ce qu'elle entend par là, exactement ?

J'ai haussé les épaules.

— Je ne sais pas... Personne ne sait ! Cheyenne dit que si on ne sort pas, on est immature.

— Ah bon.

Ça allait un peu mieux depuis que ma mère m'avait prise contre elle. Parce qu'au lieu de pleurer, je respirais son odeur. Je reconnaissais son parfum, et aussi... Comment dire ? L'odeur de ma mère, quoi. C'était tellement doux ! (Mais pas « doux » dans le sens où Micha est « doux ». Lui, il avait d'ailleurs fini par se lasser de mon torrent de larmes et s'était échappé pour jouer avec une balle.) Bref, j'étais incroyablement bien dans ses bras... Même si on allait bientôt manquer d'air, à deux dans le placard.

— Ma chérie, a dit ma mère. Ne t'inquiète pas... Je vais m'en occuper.

Je me sentais apaisée maintenant. Dans la chaleur et l'odeur de ma mère, il me semblait que rien de mal ne pouvait m'arriver. J'étais tellement bien que je n'ai pas compris ce qu'elle voulait dire.

— Comment ça ? ai-je demandé. Tu n'es pas à l'école tous les jours, toi.

— C'est vrai. Mais je peux quand même m'en occuper.

Et là, j'ai été prise de panique. Parce que, tout d'un coup, je comprenais. Je savais à quoi elle pensait !

— Maman ! ai-je crié en me débattant. Non ! Ne fais pas ça ! Je ne veux pas que tu appelles Mme Hunter !

Ma mère a essayé de me retenir dans ses bras.

— Allie... Mais enfin ! Pourquoi je n'appellerais pas Mme Hunter ? À la réunion des parents, elle nous a justement conseillé de la prévenir s'il y avait le moindre problème. Et d'après ce que tu me racontes, Cheyenne est un *gros* problème.

Là-dessus, je lui donnais raison. Mais je ne voulais pas être une rapporteuse ! Pas moi ! Surtout pas !

Je me souvenais pourtant du soulagement que j'avais éprouvé, quand Mme Hunter s'était fâchée à cause du jeu des bisous. Elle agirait peut-être de la même manière pour interdire à Cheyenne de me surnommer Allie le Gros Bébé. Alors là, quel bonheur !

Non, ce n'était pas possible. Tout le monde le saurait ! D'accord, la mère de Stuart aussi avait appelé pour le jeu des bisous. Sauf qu'on ne pouvait pas comparer parce que, dans ce cas-là, *tous* les garçons étaient concernés. Alors que l'histoire d'Allie le Gros Bébé n'arrivait qu'à une seule personne... Moi ! J'étais la seule fille de C.M.1 qui ne sortait pas avec un garçon. Bon, Rosemary aussi. Mais ça ne comptait pas, vu que tous les garçons avaient peur d'elle.

Je suis revenue à la charge pour convaincre ma mère.

— Maman ! Ne fais pas ça, je t'en supplie ! Tout le monde va se moquer de moi. Laisse-moi me débrouiller. Je t'en supplie !

Ma mère a pris deux ou trois secondes pour réfléchir.

— Très bien, a-t-elle répondu enfin. Si tu me le demandes.

— Oui, s'il te plaît.

Pourtant, ce n'était pas du tout ce que je voulais. Mais alors pas du tout.

— Bon... a soupiré ma mère. Je retourne en bas, maintenant. Va te passer un peu d'eau sur le visage et lave-toi les mains avant de venir dîner. Ton père a préparé un plat qui te plaira. Des crêpes mexicaines !

— D'accord.

Je ne lui ai pas dit que je n'avais pas envie de descendre. Et que j'aurais voulu rester ici pour toujours, dans ses bras. Parce que je savais bien que ce n'était pas possible. Ma mère m'a encore embrassée, puis elle s'est levée – avec un peu de mal – et est ressortie du placard.

À la porte de ma chambre, elle s'est arrêtée pour renifler tout autour.

— Et n'oublie pas de changer la litière de Micha, a-t-elle ajouté. D'ailleurs, je crois que tu devrais mettre le bac dans votre salle de bains. Il est assez grand maintenant pour sortir de ta chambre pendant la journée.

— D'accord, ai-je répété.

J'ai changé la litière de Micha et je suis allée me laver les mains. En me regardant dans la glace, j'ai vu que j'avais les yeux gonflés et que j'étais toute rouge. Cheyenne avait raison : je ressemblais à un gros bébé... Un gros bébé qui se laissait commander par les autres, voilà.

Sauf que ce n'était pas vrai ! J'avais refusé de jouer à la chasse aux bisous, je ne sortais pas avec Joey Fields... Et je n'avais pas voulu que ma mère appelle Mme Hunter.

Qui sait ce qui allait se passer demain, à l'école ? Je me demandais ce que Cheyenne pourrait bien inventer encore pour me torturer. Mais je me suis dit que, quoi qu'il arrive, je ferais face. Toute seule ! Je me battrais comme quelqu'un de raisonnable, pas comme un bébé. Après m'être essuyé les mains, je suis descendue manger des crêpes mexicaines.

Je ne sais pas si les soucis creusent l'appétit, mais une fois à table, je me suis aperçue que je mourais de faim. Tout le monde a été très impressionné de me voir engloutir trois énormes crêpes au poulet (sans sauce tomate, bien sûr).

Après le dîner, Mark, Kevin et moi, on a fait un concours de rots avec Oncle Jay, et j'ai gagné. Ma mère trouvait ça dégoûtant, mais en même temps, elle a dit qu'elle était contente de me voir rire. Et elle a demandé à mon père s'il était au courant qu'ils avaient eu un autre enfant, parce que, apparemment, elle en comptait quatre dans la maison maintenant.

Oncle Jay a bien compris l'allusion. C'était de lui qu'elle parlait ! Mais de toute façon, il allait bientôt partir...

— Aujourd'hui, a-t-il annoncé fièrement, j'ai trouvé un travail.

— Non ! a dit ma mère, stupéfaite. Je ne te crois pas !

— Si, si. Je suis embauché comme livreur de pizza.

Là, ma mère est un peu revenue de sa surprise. Elle avait plutôt l'air déçu.

— Ah. Tu vas être livreur de *pizzas*...

— C'est marrant, a fait remarquer Oncle Jay. Harmony a eu la même réaction. Ce n'est pas une carrière à fort potentiel évolutif, je vous l'accorde... Mais comme dit le proverbe : « Tout voyage commence par un premier pas. » En plus, j'ai déjà obtenu un bonus : pizzas gratuites à volonté ! Et je suis sûr que je rencontrerai des gens très intéressants... Bref. En tout cas, Harmony a accepté de me donner une seconde chance. On ne s'emballe pas, mais c'est quand même un nouveau départ.

— Merveilleux ! a lancé mon père. Je vais pouvoir récupérer ma télécommande.

— Et moi, ma chambre d'amis, a déclaré ma mère.

— Ça veut dire que je n'aurais pas ton futon ? a demandé Kevin.

Oncle Jay a répondu qu'en effet, c'était une conséquence fâcheuse, mais Kevin n'en a pas fait tout un plat. Avant d'aller nous coucher, on l'a aidé, Mark et moi, à remettre son lit à sa place. Je me demande d'ailleurs comment il s'y était pris pour le bouger tout seul, quand il avait réaménagé sa chambre en attendant le futon.

J'ai très mal dormi cette nuit-là. Je revoyais le visage de Cheyenne au moment où je lui criais de ne pas me commander. Elle avait tellement eu l'air de dire : « Attends un peu, tu vas voir... » En vérité, Cheyenne me commandait. J'avais beau me raconter ce que je voulais, elle me commandait bel et bien, et pour la simple raison qu'elle commandait *tous* les C.M.1. Comment une chose pareille avait-elle pu arriver ? Surtout que Cheyenne était nouvelle à l'école, et pas très gentille, en plus. C'est vrai, quoi. Comment avait-elle pu faire pour que tout le monde dans la classe lui obéisse ?

Et demain matin, parce que j'avais osé lui dire non, elle allait se venger ! Rien que d'imaginer ce qui m'attendait, j'avais mal au ventre.

Le lendemain, quand Erica a sonné à la porte, je ne lui ai pas dit que je m'étais cachée dans mon placard pour pleurer, ni que j'avais tout raconté à ma mère. Ni que j'avais à peine fermé l'œil de la nuit.

Rien qu'à sa tête, j'ai vu que ce n'était pas nécessaire : Erica savait que j'étais terrorisée à l'idée de retourner en classe, de voir Cheyenne et de me faire à nouveau traiter d'Allie le Gros Bébé. Et j'en ai eu la preuve quand on s'est mises en route et qu'elle m'a serré le bras en murmurant :

— Ne t'inquiète pas. Ça va aller.

C'était du Erica tout craché ! « Madame Optimiste » cherchait à me rassurer alors qu'on savait bien, l'une et l'autre, que ça n'irait pas. Que ça se passerait *très mal.*

Mais histoire de me remonter le moral, Erica m'a quand même promis que, si Cheyenne me traitait d'Allie le Gros Bébé, elle aussi la traiterait de quelque chose. Elle lui avait inventé un surnom et la veille, au téléphone avec Caroline et Sophie, elles avaient décidé toutes les trois d'appeler Cheyenne comme ça.

J'étais tellement absorbée par mes soucis que je n'ai même pas cherché à savoir à quel surnom elles avaient pensé. Mon souci, à ce moment-là, c'était que j'aurais préféré qu'elle ne parle pas de ça devant Kevin. Parce que mon petit frère écoutait sans rater un seul mot !

Du coup, en arrivant au carrefour, je n'ai pas remarqué tout de suite que Caroline et Sophie étaient là. Pourtant, elles nous attendaient toutes les deux ! Comme avant, avant la grande catastrophe ! Bon d'accord, on les avait connues plus bavardes, mais au moins elles se parlaient, ce qui était déjà un pas dans la bonne direction. Erica avait réussi à les réconcilier.

Je me suis dit qu'elle pourrait sûrement faire une grande carrière de diplomate ! Déjà, en tant que reine, elle réglait très bien les affaires entre les méchants seigneurs (même si, au passage, elle devait parfois couper quelques têtes). Mais vu qu'elle essayait tout le temps d'empêcher les disputes, à force, ça finissait par payer. En tout cas, j'avais envie de la remercier.

Parce que, pour la première fois, je retrouvais un peu d'espoir en pensant à la journée qui m'attendait. Enfin, je devrais plutôt dire, en pensant à autre chose. Comme, par exemple, au fait que Caroline et Sophie avaient enterré la hache de guerre.

Mais quand même. Plus on approchait de l'école, plus j'avais le ventre noué. Il avait plu pendant la nuit, et à cause du froid, tout avait gelé. C'était très joli, la fine couche de glace scintillait comme du verre dans les branches des arbres.

Sauf qu'à cause du gel, la neige fondue sur le terrain de jeu s'était transformée en une vraie patinoire. Du coup, on n'avait pas le droit d'y aller (M. Elkhart était en train de jeter du sel). Ce qui voulait dire que tout le monde devait rester dans la cour, où il n'y avait pas vraiment assez de place pour s'amuser.

Ce qui voulait dire aussi que Cheyenne n'avait rien d'autre à faire que m'attendre, vu qu'elle ne pouvait pas jouer à la chasse aux bisous (puisque c'était interdit), ni regarder les garçons jouer au foot (puisque c'était trop glissant). Au passage, je tiens à signaler que les garçons ne lui parlaient pas... même son soi-disant petit ami, Patrick, qui était trop occupé à casser la glace pour lancer des morceaux partout. Ça, c'est ce qui intéresse les garçons de l'école quand il a gelé pendant la nuit.

Bref, comme elle s'ennuyait à mourir, Cheyenne a aussitôt reporté son attention sur moi dès que je suis arrivée.

— Oh, regardez ! a-t-elle lancé. Allie le Gros Bébé est venue à l'école aujourd'hui !

J'ai serré très fort les dents, et à la vue de sa minijupe, avec ses collants et ses bottes à talons, mon estomac s'est encore plus noué. Non, en fait, c'était comme si on m'avait donné un coup dans le ventre. Surtout quand j'ai remarqué que Marianne, Dominique, Shamira, Rosie, et même Elizabeth la timide, avaient demandé à leurs parents des bottes à talons exactement comme celles de Cheyenne. Et elles les portaient aujourd'hui ! Avec la glace, ça faisait *clic clac* quand elles se sont approchées. En baissant les yeux sur mes grosses bottes fourrées, je me suis dit encore une fois que Cheyenne avait raison : à côté d'elle, je faisais vraiment bébé.

Mais immédiatement après, j'ai pensé qu'avec des bottes à talons, j'aurais risqué de glisser sur le chemin de l'école. Comment j'aurais pu tenir la main de Kevin, hein ?

— Hé, Cheyenne. Tu sais quoi ? a lancé Erica.

Cheyenne l'a regardée d'un air interrogateur. Mais elle ne semblait pas inquiète. Erica ne dit jamais de méchancetés à personne. Au contraire, elle fait chaque fois son possible pour maintenir la paix. Sauf qu'aujourd'hui, Erica a surpris tout le monde en criant :

— Tais-toi ! Espèce de *Grande Gueule* !

— Oui ! a crié aussi Sophie. O'Malley la Grande Gueule !

— O'MALLEY LA GRANDE GUEULE ! a repris Caroline.

Cheyenne a froncé les sourcils. Elle n'aimait visiblement pas qu'on l'appelle O'Malley la Grande Gueule. Surtout que Rosemary, juste à côté, a éclaté de rire.

— O'Malley la Grande Gueule ! Oh oui, ça lui va trop bien !

Cheyenne a commencé à rougir.

— Je ne suis pas une grande gueule, a-t-elle répondu.

— Ah non ? a riposté Rosemary. Eh ben, moi je te dis que si !

À ce moment-là, j'ai éprouvé une bouffée de reconnaissance pour mes amies. Qu'est-ce qu'elles étaient gentilles ! Elles venaient à mon secours et me défendaient contre une fille qui me torturait depuis si longtemps !

— Oui, Cheyenne, ai-je lancé à mon tour. Si tu me traites de gros bébé, ça veut dire que toi, tu es une grande gueule.

Cheyenne est devenue encore plus rouge et a rétorqué :

— Tu es un gros bébé, ça, c'est vrai. Mais moi, je ne suis pas une grande gueule !

Quoi ? C'est tout ce qu'elle trouvait à répondre ? Pour donner des surnoms méchants aux autres, elle était très forte, mais quand on lui donnait un surnom à *elle*... Alors là, il n'y avait plus personne !

Erica l'avait deviné, et pour le coup, c'était elle la plus forte de toutes !

— Oh, la Grande Gueule, oh, la Grande Gueule, a fredonné Erica, qui avait l'air de bien s'amuser.

Il faut dire qu'elle ne manquait pas d'expérience, vu que chez elle, son grand frère et sa grande sœur se chamaillaient tout le temps (ils la taquinaient, aussi). Du coup, c'était facile pour elle de les imiter, et là, justement, elle s'en donnait à cœur joie.

— O'Malley la Grande Gueule...

Caroline, Sophie, Rosemary et moi, on a chanté en chœur :

— Oh la Grande Gueule, O'Malley la Grande Gueule !

— Taisez-vous !

Cheyenne était rouge comme une tomate maintenant, avec les yeux pleins de larmes.

— Je vous déteste !

Marianne, Dominique et les autres ne savaient pas quoi faire. Au début, elles avaient ri. Discrètement. Parce que traiter quelqu'un de grande gueule, avouez que c'est quand même drôle.

Mais lorsque Cheyenne s'est mise à pleurer, elles ont arrêté de rire. J'ai remarqué au passage que personne ne prenait sa défense. Aucune des filles n'a dit : « Non, ce n'est pas une grande gueule ! »

À mon avis, c'est parce qu'elles reconnaissaient que c'était vrai. Elles se doutaient bien que demain, peut-être, ce serait *elles* que Cheyenne traiterait de gros bébé, ou d'autre chose encore pire. Et pourquoi ? Juste parce qu'elles ne lui auraient pas obéi.

Soudain, un coup de sifflet a retenti du côté de la porte de l'école. Tout le monde a sursauté et on a regardé dans cette direction en se demandant ce qui se passait. Normalement, c'est une cloche qui sonne quand on doit aller en classe.

C'est là qu'on a vu Mme Hunter, debout devant les marches, dans son manteau vert avec un col en fausse fourrure. Elle a mis ses mains en porte-voix pour crier :

— Tous les enfants de ma classe, venez vous mettre en rang !

On n'a pas bougé, tellement on était stupéfaits. La cloche n'avait même pas encore sonné. Qu'est-ce que ça voulait dire ?

— *Immédiatement !* a encore crié Mme Hunter. Patrick Day, pose ça tout de suite et viens ici !

Patrick Day a laissé tomber l'énorme bloc de glace qu'il avait réussi à détacher d'une flaque d'eau gelée. La glace s'est brisée en mille morceaux – c'est justement ce qu'il essayait de faire, même s'il a eu l'air de la lâcher par accident. On s'est tous approchés, lentement, pour ne pas glisser.

— Qu'est-ce qui se passe ? s'est demandé tout haut Rosemary.

Erica avait peur.

— Tu crois qu'elle nous a entendues ? Et qu'elle va nous gronder ? Mais quand même, c'est Cheyenne qui a commencé !

— Non, elle n'a pas pu nous entendre de là-bas, a dit Caroline. Peut-être qu'elle est inquiète à cause de la glace. En tout cas, elle a vu Patrick, c'est sûr...

Moi, j'avais un affreux pressentiment. C'était la classe de Mme Hunter – et seulement sa classe – qui devait rentrer plus tôt. Est-ce que ma mère avait fait ce que je lui avais demandé de *ne pas faire* ?

J'avais la gorge tellement serrée que je ne pouvais presque plus avaler ma salive. Ma mère avait appelé Mme Hunter. Elle lui avait parlé. Je le savais. J'en étais *sûre*. Et Mme Hunter allait le répéter à tout le monde !

Sauf que... Après tout, pourquoi ? Quand la mère de Stuart avait appelé – j'étais persuadée que c'était elle – Mme Hunter n'avait rien expliqué. Elle avait juste interdit la chasse aux bisous. Elle n'avait pas précisé : « Je veux que vous arrêtiez de jouer à la chasse aux bisous parce que la mère de Stuart a appelé. »

J'ai donc essayé de me rassurer en tournant des tas de « peut-être » dans ma tête : peut-être que les choses finiraient par s'arranger d'elles-mêmes ; peut-être que je ne serais pas détestée par toutes les filles de la classe (sauf mes amies) ; peut-être que...

Mais non ! À quoi bon me raconter des histoires ? Ça finirait mal pour moi, j'en étais convaincue.

On s'est rangés, sur deux files, comme l'exigeait Mme Hunter tous les matins quand la cloche sonnait. Sauf que la cloche n'avait pas encore sonné, et que notre maîtresse semblait très fâchée. Je ne l'avais jamais vue avec l'air aussi sévère !

Tout le monde croyait que c'était à cause de Patrick et de la glace. Patrick était encore plus rouge que Cheyenne, quand on l'avait traitée de Grande Gueule. Mme Hunter nous a bien regardés pour vérifier qu'il ne manquait personne et elle a dit, d'une voix qui claquait comme un fouet :

— Allons-y. Quand vous arriverez dans la classe, accrochez vos manteaux et asseyez-vous. *En silence !*

Il était clair que nous devions nous attendre à passer un mauvais quart d'heure. Un *très mauvais* quart d'heure, même. Dehors, les autres élèves nous avaient regardés partir, et maintenant, ils discutaient entre eux. Ils parlaient de *nous*, bien sûr. Vu que la cloche n'avait toujours pas sonné, ils continuaient à jouer pendant que nous, on montait en classe pour...

Pour quoi exactement ? Pour être punis ? En tout cas, une chose était sûre : on n'allait pas nous décerner un prix !

Personne n'osait parler. Une fois dans la classe, on a enlevé nos manteaux, nos bonnets, nos écharpes et nos gants, et on s'est assis à nos places comme l'avait ordonné Mme Hunter. Tout ça dans un silence total ! Joey Fields a bien essayé de me dire quelque chose, dans le genre : « Ouaf », mais il s'est tu aussitôt quand je l'ai fusillé du regard. Je ne sais pas comment se sentaient les autres, mais moi, mon petit déjeuner me pesait sur l'estomac et j'étais horriblement mal à l'aise.

Au lieu d'aller à son bureau pour choisir notre premier travail, comme tous les matins, Mme Hunter a pris le tabouret dont elle se sert d'habitude pour nous faire la lecture et s'est assise face à nous, devant le tableau. Et là, elle nous a regardés. C'est tout.

Sauf qu'elle nous regardait comme si on était un dessin de Stuart Maxwell, avec plein d'asticots dégoûtants qui grouillent dans un crâne. Bref, on a eu l'impression qu'elle n'aimait vraiment pas ce qu'elle avait sous les yeux. Enfin, quand elle a vu qu'on était tous suspendus à ses lèvres, elle a dit :

— Je suis extrêmement troublée par la conversation que j'ai eue hier soir au téléphone avec l'un de vos parents.

Oh non ! C'était moi ! C'était ma mère ! Alors que je lui avais demandé de ne pas appeler !

J'avais envie de me cacher le visage dans les mains. Mais bien sûr, je ne pouvais pas faire ça, parce que tout le monde saurait aussitôt qui avait téléphoné. Du coup, je me suis obligée à rester parfaitement immobile et à garder la tête bien droite, sans rien laisser paraître, comme si je suivais avec beaucoup d'intérêt le discours de Mme Hunter.

Mais en moi-même, j'étais complètement paniquée. Voilà, c'était fini. J'allais vomir mon petit déjeuner sur ma table. Et après ça, je partirais au Canada. Parce que jamais, plus jamais, je n'oserais me montrer à l'école de Pine Heights.

Je priais : « S'il vous plaît, ne dites pas mon nom, s'il vous plaît, ne dites pas mon nom. Madame Hunter, pour me récompenser d'avoir été un bonheur, s'il vous plaît, ne dites pas mon nom. »

— J'ai été horrifiée d'apprendre, a continué Mme Hunter, que certains de mes élèves « sortaient », entre guillemets, avec d'autres.

J'ai compris ce qu'elle voulait dire par « entre guillemets », parce qu'on venait d'apprendre les guillemets en grammaire – et aussi les autres signes de ponctuation.

— Je n'ai aucune idée de ce que signifie pour vous « sortir » avec quelqu'un, mais sachez que je ne tolérerai pas ce genre de comportement. Ceux parmi vous qui « sortent » avec quelqu'un de la classe, ou avec n'importe qui dans cette école, sont officiellement libérés de leur engagement. À compter d'aujourd'hui, ils ne « sortent » plus ensemble.

Il n'y avait jamais eu un tel silence dans la pièce. Personne ne bougeait. On aurait même dit que personne ne respirait. Surtout, personne n'osait regarder les autres. Joey n'a pas grogné, et j'aurais été prête à parier que Patrick n'a pas mis ses doigts dans son nez une seule fois.

— Si j'entends encore quelqu'un parler de petit ami, a repris Mme Hunter, de petite amie, de « sortir » ensemble, d'amoureux, de bisous... bref, de quoi que ce soit dans ce registre, j'amènerai moi-même cet élève chez la directrice. Et ensuite, j'appellerai ses parents. Me suis-je bien fait comprendre ?

Je peux vous assurer que le message était passé ! Tout le monde avait le regard fixe, les yeux grands ouverts... Au bout de ma rangée, c'est même la bouche que Patrick Day ouvrait, tellement il était impressionné.

— Vous êtes des *enfants*, a continué Mme Hunter, qui était vraiment en colère. Pour la plupart, vous n'avez même pas encore fêté votre dixième anniversaire. Vous avez donc des années devant vous avant de penser à « sortir » avec quelqu'un. Mais pour l'instant, il n'en est *pas question*. Ni dans ma classe, ni dans cette école, ni ailleurs. Essayez plutôt de bien vivre comme des enfants de neuf ans. *Baisse le doigt, Cheyenne.*

Je n'en revenais pas. Cheyenne avait levé le doigt ! Mais vu le ton sévère de Mme Hunter, elle l'a baissé tout de suite. Sans s'empêcher quand même de faire la grimace pour montrer qu'elle n'était pas contente.

— Si vos parents ne sont pas d'accord avec ma position, a ajouté Mme Hunter, surtout qu'ils n'hésitent pas à m'appeler. Je serai *ravie* d'en discuter avec eux. D'ailleurs, je vais moi-même passer quelques coups de fil ce soir.

Là, Cheyenne s'est figée. Ça se voyait qu'elle avait peur.

J'ai remarqué aussi que Marianne et Dominique échangeaient un coup d'œil inquiet.

— Bien, a conclu Mme Hunter en retrouvant sa voix normale (et ses yeux verts ne lançaient plus d'éclairs). À l'avenir, si vous avez le moindre problème avec l'un de vos camarades... si quelqu'un vous embête, vous maltraite, ou même si vous avez simplement besoin de parler, sachez que vous pouvez toujours, *toujours* venir me voir. Je suis là pour ça.

Pile à ce moment-là, la cloche a sonné. C'était l'heure d'aller en classe. Ce qui paraissait un peu bizarre. Parce qu'on y était déjà. Ce jour-là ne commençait pas comme les autres. Je dirais même que tout avait changé.

Règle n° 13

Les bottes fourrées ne sont peut-être pas aussi élégantes que les bottes à talons, mais au moins, elles ne vous jouent pas de mauvais tours

À la récréation, la glace avait presque complètement fondu, ce qui n'était pas plus mal parce qu'on a pu aller jouer dehors. Cela dit, on s'amuse bien aussi quand on est obligés de rester à l'intérieur. Mme Hunter nous donne plein de jeux de société dans la classe (celui que je préfère, c'est les Détectives). Sauf qu'au bout d'un moment, les garçons commencent à s'agiter. Sans doute que ça les calme de se lancer des choses à la tête, mais dans la classe, ils n'ont évidemment pas le droit.

Bref, quand on est sortis, tout le monde n'avait qu'un seul sujet à la bouche : le discours de

Mme Hunter. Il se trouve que Mme Danielson aussi avait grondé ses élèves, donc *tous* les C.M.1 de l'école en parlaient. Enfin, les filles. Les garçons, eux, ont joué au foot malgré les flaques et la boue, et pour une fois, Rosemary a refusé de jouer avec eux. Ils ont eu beau la supplier, en vain. Elle avait trop envie de voir comment Cheyenne réagirait.

— Tu as vu la tête qu'elle a faite ? m'a-t-elle demandé. J'ai cru qu'elle allait piquer une crise !

C'est vrai. Cheyenne avait eu l'air folle de rage, mais pas seulement. On aurait dit aussi qu'elle se retenait de pleurer. Et après, quand Mme Hunter préparait à son bureau l'exercice qu'elle voulait nous distribuer, Cheyenne avait ouvert discrètement son pupitre pour sortir sa trousse – celle qui est toute simple et moche – et gribouillé au feutre le cœur qu'elle avait dessiné dessus (avec l'inscription *CO + PD = Amour Toujours.*)

Rosemary aussi l'avait vue faire ça, et pour le coup, c'est *elle* qui avait failli piquer une crise (de rire, bien sûr).

Maintenant qu'on était dehors, on se demandait ce que Cheyenne allait encore inventer pour ne pas perdre la face. Elle avait entraîné sa bande sur le chemin en béton qui traverse la pelouse, vu qu'elle ne pouvait pas marcher dans la boue à cause de ses bottes à talons – qui étaient en daim, je précise –, et c'est là qu'on l'a entendue clamer bien fort, pour que tout le monde l'entende :

— Je m'en fiche de ce que dit Mme Hunter ! L'amour qu'il y a entre Patrick et moi, c'est tellement merveilleux ! D'accord, on est peut-être trop jeunes, mais quand on aura seize ans et qu'on aura tous les deux notre permis de conduire, on se retrouvera à minuit le soir du 31 décembre sur le pont de Brooklyn, à New York, et personne ne pourra nous en empêcher !

Les autres filles étaient drôlement impressionnées. Je savais que Cheyenne disait la vérité, parce que Patrick avait demandé à Stuart de lui dessiner la voiture qu'il conduirait pour aller rejoindre Cheyenne – une Corvette jaune ZRI, avec un moteur LS9 super puissant. C'est lui qui l'avait choisie.

Évidemment, il ne l'avait pas encore, mais il commençait déjà à économiser pour pouvoir se l'acheter à seize ans, la veille de son anniversaire.

Je me permets de faire remarquer en passant que Patrick n'avait pas l'air franchement bouleversé parce qu'il devait arrêter de sortir avec Cheyenne. Les autres garçons non plus, d'ailleurs. En fait, Patrick était plus excité par la voiture qu'il allait avoir que par son rendez-vous avec Cheyenne, à minuit le soir du 31 décembre, dans sept ans. Ce qui l'embêtait surtout pour l'instant, c'était que Rosemary ne voulait pas jouer au foot.

Mais bon. J'étais mal placée pour juger, vu que de toute façon, je ne voyais pas ce que Cheyenne avait pu trouver à Patrick.

En tout cas, son super plan n'impressionnait pas du tout Caroline. Cheyenne ci, Cheyenne ça... Elle en avait tellement assez que, tout à coup, elle a foncé sur Cheyenne pour lui dire :

— Je te signale que tu ne pourras pas aller toute seule à New York quand tu auras seize ans ! Parce que tu seras obligée d'avoir quelqu'un dans la voiture à côté de toi, surtout si c'est la nuit. Même que ça s'appelle la conduite accompagnée ! On n'est pas au Canada ici, figure-toi ! Il faut que tu attendes d'avoir dix-huit ans !

Cheyenne a regardé Caroline, puis moi, puis Rosemary, Erica et Sophie. Et là, elle a été prise d'une telle fureur que son visage s'est complètement déformé. Sérieux ! Elle ressemblait à un personnage de dessin animé. Je crois bien que je n'avais jamais vu quelqu'un aussi en colère.

— C'est *toi* ! a-t-elle hurlé.

Mais vraiment, elle a *hurlé*. Devant tout le monde ! Elle a pointé le doigt sur Caroline (au fait, est-ce que j'ai dit qu'elle portait des gants en cuir ?) :

— C'est *toi* qui as rapporté ! Hein ? C'est ta mère qui a appelé Mme Hunter ! N'essaie pas de mentir ! J'en suis sûre !

J'ai senti mon sang se glacer. Oh non ! Cheyenne accusait Caroline – qui était innocente – de quelque chose que j'avais fait, moi. Pauvre Caroline ! Je ne pouvais pas continuer à me taire. Il fallait que j'avoue.

— N'importe quoi ! a rétorqué Caroline en criant elle aussi. Ce n'est pas ma mère qui a appelé. C'est mon père !

J'en ai eu le souffle coupé. Mais qu'est-ce qui lui prenait ? Pourquoi mentait-elle ?

Toutes les filles autour de Cheyenne étaient stupéfaites. Mais avant qu'elles aient le temps de s'en prendre à Caroline, j'ai décidé de me comporter en *vraie* amie, et j'ai fait un pas en avant pour déclarer :

— Non ! Qu'est-ce que tu racontes, Caroline. C'est *moi* qui...

— Non, c'est *moi*, a interrompu Erica en s'avançant aussi. J'ai parlé à ma mère et elle a appelé Mme Hunter.

— Mais non ! a lancé à son tour Sophie en venant se placer devant nous. Pas du tout ! C'est *moi*. Ma mère m'a demandé pourquoi j'avais l'air triste. Du coup, je lui ai dit qu'on s'était disputées, Caroline et moi. Et quand je lui ai raconté pourquoi, elle a appelé Mme Hunter. Hier soir.

On s'est regardées toutes les quatre. Je n'en revenais pas. Mes amies étaient formidables ! Erica, Caroline et Sophie... Je les aimais *tellement* que mon cœur me faisait presque mal. C'est vrai, quoi. Des amies pareilles, on n'imagine pas que ça puisse exister !

— Vous êtes trop gentilles, leur ai-je dit en retenant mes larmes. Vous dites ça pour me défendre, mais je ne veux pas qu'on vous accuse alors que c'est moi la responsable. Parce que c'est *ma* mère qui a appelé Mme Hunter.

Erica m'a dévisagée sans comprendre.

— Tu plaisantes ? Ma mère a passé une demi-heure au téléphone avec Mme Hunter hier soir. Même que Missy s'impatientait parce que le dîner était en train de refroidir. C'était du bœuf aux carottes, et elle adore ça. Mais maman l'a renvoyée dans sa chambre en lui disant qu'il y avait des choses plus importantes que son estomac !

Ça alors... Donc ce n'était pas juste pour me défendre ? Leurs parents avaient *vraiment* appelé Mme Hunter ?

— Mon père lui a parlé pendant un quart d'heure, a raconté Caroline. Elle a dit que d'autres parents l'avaient déjà appelée.

— Ma mère a dû téléphoner juste avant ton père ! a lancé Sophie en riant.

On s'est tournées vers Rosemary. Elle se taisait, pour une fois, ce qui ne lui ressemblait pas.

— Ne me regardez pas comme ça ! s'est-elle exclamée. Ma mère n'a appelé personne hier soir. Sauf la pizzeria. Vous êtes *incroyables*, vous. Enfin, je trouve ça super.

À ce moment-là, on a entendu une exclamation étouffée parmi les filles, juste derrière Cheyenne. Cheyenne a foudroyé du regard Elizabeth Pukowski qui levait le doigt comme si on était en classe.

— Ma mère aussi a appelé, a-t-elle avoué timidement. Excuse-moi, Cheyenne... Ne te mets pas en colère. Mais ma mère a dit que je n'avais pas le droit de sortir avec des garçons avant d'avoir quatorze ans. Elle était vraiment fâchée quand elle a appris que je sortais avec Robert, et je suis privée d'ordinateur pendant un mois.

Tout de suite après, une autre main s'est levée. C'était Rosie Myers, et elle aussi, on aurait dit qu'elle demandait la parole à une maîtresse.

— Cheyenne... Moi non plus, mon père ne veut pas que je sorte avec des garçons. Pas avant d'avoir seize ans.

Quelques secondes plus tard, Shamira levait le doigt à son tour.

— Moi, pas avant dix-huit ans. Pareil pour me faire percer les oreilles... Ma mère a dit qu'il y avait un temps pour tout.

Beaucoup de parents pensaient apparemment qu'il y avait un temps pour tout, parce que deux autres filles – après avoir levé la main – ont raconté à Cheyenne ce qu'on leur interdisait de faire.

Pour finir, il est arrivé une chose ahurissante. Juste sous nos yeux. Furieuse de s'apercevoir que les autres filles n'avaient pas le droit d'être aussi *mûres* qu'elle le voulait, Cheyenne s'est détournée brusquement, sans doute pour aller bouder dans son coin.

Mais j'imagine qu'elle s'est détournée un peu *trop* brusquement. Parce qu'elle a dérapé à cause de ses bottes à talons et elle est tombée en plein dans une grosse flaque d'eau.

Elle était trempée, bien sûr. Tellement trempée d'ailleurs que l'école a dû appeler sa mère pour qu'elle vienne la chercher. Je n'ai pas ri, je le jure. Même quand elle s'est relevée, avec sa minijupe et ses collants tachés de boue, je ne me suis pas moquée d'elle. Non, vraiment, ça n'aurait pas été digne d'une fille *mûre*.

Et je jure aussi que je n'ai pas poussé un cri de joie quand on a appris que Cheyenne s'était tordu la cheville, et qu'elle ne reviendrait pas à l'école avant d'avoir passé une radio. Ça non plus, ce n'était pas la réaction qu'on attendrait d'une fille mûre.

En plus, *On ne doit pas se réjouir du malheur des autres*. C'est une règle. Bon, on ne pouvait quand même pas espérer que Cheyenne serait furieuse

au point de ne plus jamais revenir à l'école et de repartir au Canada. Parce que ça, c'était trop beau pour être vrai.

Malheureusement, elle était de retour à l'école avant la fin de la matinée, à l'heure de la musique. Mais avec des béquilles et le pied dans une grosse chaussette, comme Sophie quand elle s'était cassé l'orteil. Sauf que Cheyenne, c'était une entorse. Du coup, les autres se sont beaucoup intéressés à elle. Enfin, seulement Marianne et Dominique, qui l'ont aidée à porter ses affaires.

Je peux vous assurer en tout cas que je ne voulais plus de bottes à fermeture Éclair et à talons. J'avais retenu la leçon après ce qui était arrivé à Cheyenne. Ma mère avait bien raison, j'étais obligée de le reconnaître.

Quand on est parties déjeuner à midi, c'est Caroline et Sophie qui ont donné la main à Kevin, et en chemin, Caroline a demandé à Sophie :

— C'est vrai que tu as dit à ta mère que tu étais triste parce qu'on s'était disputées ?

Sophie a regardé Caroline, en levant la tête parce que Caroline est l'une des plus grandes filles de la classe. Elle avait les larmes aux yeux.

— Oui, a-t-elle répondu. C'est vrai, j'étais super mal.

Caroline a hésité, puis elle s'est lancée :

— Tu sais, Sophie... Je suis vraiment, vraiment, vraiment, désolée pour Cheyenne et le prince Peter.

— Oh bon, on a rompu maintenant. De toute façon, on n'en avait même pas parlé. On ne s'est *jamais* parlé, tu me diras... En plus, ça ne me dérange pas, parce que je préfère que ce soit un secret. C'est mieux comme ça.

Caroline a eu l'air coupable tout d'un coup.

— Euh, pour être honnête... Lenny et moi, on ne sortait pas vraiment ensemble. J'ai un peu inventé, quoi. Enfin bref, je ne lui ai pas demandé. Et je crois que lui, il ne savait même pas qu'on sortait ensemble.

Kevin a voulu dire quelque chose, mais je l'ai fait taire tout de suite.

— Tu me pardonnes ? a demandé Caroline.

— Oui, a répondu Sophie.

Kevin les a regardées l'une après l'autre. Je ne suis pas sûre qu'il comprenait, mais il avait l'air plutôt content. Et je peux vous dire qu'il n'était pas le seul. Moi aussi, j'étais soulagée. Parce que là, tout simplement, on redevenait amies toutes les quatre, comme s'il ne s'était rien passé.

Enfin, presque rien. Je devrais quand même rester assise au dernier rang avec les garçons. Mais je m'en fichais, parce que mes meilleures amies étaient là pour me soutenir. C'est la seule chose qui compte, finalement. Et ça, bien sûr, c'est une règle.

Les règles d'Allie Punchie

• C'est l'intention qui compte.

• Ce qu'il y a de mieux avec les vacances de Noël, c'est qu'on peut montrer à ses amies les cadeaux qu'on a reçus.

• Une grande sœur n'est pas censée frapper ses frères, ni faire tomber leur nouveau vélo dans la neige et mouiller la selle.

• On a le droit de mentir si c'est pour faire plaisir à quelqu'un.

• Porter un tee-shirt sur lequel il est écrit : « Dites non à la bêtise », c'est intelligent.

• Ce n'est pas gentil de dire aux autres qu'elles jouent à des jeux de bébés.

• On ne doit détester personne.

• Les garçons sont vraiment bêtes, parfois. Et pas très délicats.

• Ce n'est pas parce que quelque chose plaît à tout le monde que c'est forcément bien.

• Parfois, il faut prendre une voix de grande pour obtenir ce qu'on veut. Surtout avec les garçons.

• Le mensonge ne résout rien. En général.

• Si quelqu'un ne vous invite pas à sa fête, organisez une fête vous aussi (mieux que la sienne) et ne l'invitez pas.

• Quand quelqu'un vous regarde et qu'en même temps il discute avec d'autres, c'est qu'il parle de vous.

• Ce n'est pas poli de ne pas checker avec quelqu'un qui vous le propose.

• Les grands frères et les grandes sœurs, c'est mieux que les petits frères, parce qu'ils sont déjà passés par là et qu'ils peuvent vous guider dans la vie.

• Si on est amoureuse d'un garçon en secret, la pire chose qui puisse arriver, c'est qu'il le sache. Parce que ce n'est plus un secret.

• Parfois, il vaut mieux dire aux autres que tout va bien, juste pour les rassurer.

• Pour être un gros bébé, il faut d'abord être convaincue soi-même qu'on en est un.

• Les chevaux, c'est *bien mieux* que les garçons qui veulent sortir avec vous.

• Ce n'est pas en criant qu'on se fait le mieux comprendre.

• On doit obéir à ses parents.

• Les parents sont là pour vous protéger et empêcher qu'on vous fasse du mal.

- Les mamans font ce qu'il faut.
- Quand on mange son plat préféré, tout va beaucoup mieux. Enfin, presque tout.
- Les bottes fourrées ne sont peut-être pas aussi élégantes que les bottes à talons, mais au moins, elles ne vous jouent pas de mauvais tours.
- On ne doit pas se réjouir du malheur des autres.
- La seule chose qui compte, c'est d'avoir des meilleures amies.

Table

Règle n°1 11
Règle n°2 21
Règle n° 3 33
Règle n°4 48
Règle n°5 62
Règle n°6 78
Règle n°7 93
Règle n°8 107
Règle n°9 125
Règle n°10 140
Règle n°11 156
Règle n°12 171
Règle n°13 192

Composition Nord Compo

« Pour l'éditeur, le principe est d'utiliser des papiers composés de fibres naturelles, renouvelables, recyclables et fabriquées à partir de bois issus de forêts qui adoptent un système d'aménagement durable. En outre, l'éditeur attend de ses fournisseurs de papier qu'ils s'inscrivent dans une démarche de certification environnementale reconnue. »

Imprimé en Estonie par Ou Print Best
29.6249.5 – ISBN 978-2-01-628570-1

Dépôt légal 1re publication mai 2021

Loi n° 49-956 du 16 juillet 1949
sur les publications destinées à la jeunesse.
Édition 01 – avril 2021